背表紙は歌う

大崎　梢

作り手と売り場，そのふたつを結ぶために。中堅どころの出版社、明林書房の新人営業マン・井辻智紀は今日も注文書を小脇に抱え，書店から書店へと飛び回っている。しかし新刊の見本を持って行った取次会社の社員になぜか辛辣な言葉を投げかけられ，作家が直接足を運んでサイン本をつくる「書店まわり」直前にトラブルを予感させるハラハラの種が……。本と書店を愛する全ての人に捧げるハートフル・ミステリを五編収録。ますます

井辻智

登場！

背表紙は歌う

大崎　梢

創元推理文庫

THE FILES OF MEIRIN PUBLISHING Ⅱ

by

Kozue Ohsaki

2010

目次

背表紙は歌う

ビターな挑戦者

「おい、そこの」

最初に声をかけられたとき、智紀《ともき》は自分のことだとは思わなかった。

「全国書籍販売」――通称「ゼンパン」本社ビルの一階フロアを横切っているときのことで、からっぽになった手提げ袋を小脇に抱えていた。ついさっき、ここを訪れたときにはずしりと重たい荷物をぶら下げていた。中身は来週、書店の店頭に並べられる新刊ばかり。単行本と文庫の合計、二十二冊だった。

ゼンパンは出版社と書店などの小売業を結ぶ大手取次《とりつぎ》会社で、書籍と雑誌、出版物に関する情報を取り扱い、本を全国の小売店に届けるという、流通面での重要な役割を担っている。通常、書店はどこかしらの取次会社（通称「取次」）と契約し、そこから本を仕入れて販売する。出版社の側からしてみれば、書店で本を売ってもらうには一部の例外を除き、取次を通すことになっている。本は返品可能な委託販売というケースが今のところ主流なので、他の業種における「問屋」よりも、取次会社の受け持つ仕事は複雑で多岐にわたっている。

「挨拶ぐらいしろよ。明林《めいりん》の、新しい営業なんだろ」

ゆっくり歩きながら携帯をチェックしていた智紀は、顔を上げて振り向いた。目の前にやたら体格のいい男が立っていた。きちんと整えられた形のいい短髪と浅黒い顔までは、体格のよさを含めてスポーツマン風ではあるけれど、浮かべている表情には爽やかの「さ」の字もない。目尻も口元も冷笑をにじませ歪んでいた。

「名前、なんていうの？」

智紀はとまどいながらも名刺を出すべく、手にしていた携帯をズボンのポケットに押しこんだ。ゼンパンの社内で声をかけられたのだ。「おい」という呼びかけはさておき、相手は自分を知っているようでもある。営業としての挨拶を求められれば応じないわけにはいかない。仕事だ。

けれどその男は、智紀が背広の内ポケットから名刺入れを取り出したところで、めんどくさそうに首を振った。

「どうせ大した名刺じゃないんだろ。名前もいいや。明林、このところさっぱり話題作を出してないしな」

そしてすっと歩み寄り、智紀の耳元に向かってこう言った。

「売れない本、ちまちま作ってんじゃねーよ」

は？

いきなりの言葉にぽかんとする智紀を眺め、くすりと笑う。それがまた、毒気をたっぷり含んだ底意地の悪い笑みで。

「明林の営業なんて、辞めたくなることだらけだろ。いつでも言いな。転職先を世話してやろう。おまえ、エプロンつけてレジに立たせた方がまだ使えそうだ。売れない本を営業してるより、よっぽど前向きだろ」

男の拳《こぶし》が前に出て、智紀の胸を軽く小突いた。それが合図のように智紀の感情も駆けめぐり全身に鳥肌が立ち、頭皮までもがすーすーするけれど、怒りよりも驚きの方が大きかった。

この、ありえない暴言を吐いている男は、誰だ？

質問や怒りをぶつける前に、背後のエレベーターがチンと音を立てた。扉が開き、中から恰幅のいい年配の男たちが現れた。

智紀の前に立つ男はそれを見るやいなや身を翻《ひるがえ》し、打って変わって明るい笑みで近づく。大股の靴音に向こうも気づき、すぐさま談笑の輪に迎え入れた。

久しぶりだね、あちらはどうだった？　元気そうだ、ありがとうございます、またひとつ頼むよ、君には期待している、もちろん頑張りますよ、そんなやりとりが聞こえてきた。

智紀はとっさに後ろに退いた。ほんの数歩だが道を譲る形となった。思わずそうしてしまうような、見るからに肩書きの偉そうな人ばかりだったのだ。暴言男は白い歯をのぞかせ、悠然と肩を並べていた。ほんのちらりとでも視線をよこすことなく、自動ドアをくぐり、日差しの降り注ぐ町中へと消え去った。

智紀の勤める明林書房《しょぼう》は規模としては中の中。文芸書を扱う出版社の中では一応、老舗《しにせ》と呼ばれている。年来のファンは多く、最近では若い読者の取りこみにも力を入れ、毎月の新刊点数は文庫を入れて二十点前後。いっこうに上向かない出版不況の中にあって、なんとか荒波をしのいでいる。ありがたいことだ。

学生時代のアルバイトを経て、卒業と同時に正社員として採用された智紀の、配属先は「営業」。口べたで人付き合いも得意な方ではなく、性格も楽天的とは言い難い。自分にもっとも向いていないのが営業職だと前々から自覚していただけに、悩まないでもなかったけれど、本と本屋が好きで思い切って就職した。

幸いにしてまだ、決定的なポカはしでかしていない。リタイアを思い詰めるほどのアクシデントにも見舞われていない。向いているかいないかは横に置くとして、やっと自社本の紹介がなめらかにできるようになった。名刺の出し方も心得た。如才ない笑顔も、断られたときの引き下がり方も、気持ちの切り替えも、少しは覚え、営業マンとしての新規企画も提案できるようになったのだ。

だからといって気をゆるめたわけではないけれど、凶事はどこにひそんでいるかわからない。藪《やぶ》をつついたつもりもないのに、不愉快きわまりないものが飛び出してきた。

どうせ大した名刺じゃない——だと？

売れない本をちまちま——だと？

まったくの初対面の相手から、露骨な暴言を浴びせかけられるとは。

投げつけられた言葉がぐるぐるまわり息が自然と速くなり、人を馬鹿にしきった顔がちらつき足も速くなる。自分もゼンパンのビルから出て、会社に戻るべく歩道を歩きながら、智紀は何度も胸の中で毒づいた。

あの野郎！　このままでおくものか。

でもいったい、どこのどいつだろう。


ゼンパンまでわざわざ新刊を持っていくのは、それを見本（サンプル）として提出するためだ。ゼンパンに限らず、取引しているすべての取次会社相手にそれは行われる。

出版予定についてはあらかじめ、事細かくデータが送られている。誰それの本をいついつ出し、それはこういう値段、装丁で、内容はかくかくしかじかです、というものだ。けれど予定はあくまでも予定であり、ほんとうに原稿が間に合い本という形になったのか、値段や装丁、大きさを含めて、現物を見なくては確認ができない。じっさいの見本ができたところで持参し、文庫でもムックでも、取次の担当者に直接手渡す。

取次にとっても実物を手にして初めて、このできあがりならあそこで売ろう、販促をかけようというプランが生まれる場合がある。見本というのは、製本所から納品に先だって数十部届けられる、売り物と同じ本だ。紹介記事を書いてくれそうなマスコミや書評家、著者にも送られる。

智紀がひと仕事終えて帰社すると、すでに営業部の人影はまばらだった。装丁の打ち合わせや帯のキャッチコピーについて、残っている人たちもあわただしく動きまわっている。もしくはパソコン画面に見入りながらキーボードを叩き続けている。

「今、戻りました」

「ああ、お帰り」

上司である秋沢《あきさわ》がかろうじて声をかけてくれたが、それきり受話器を摑んでどこかに電話をかけ始めた。遅れている翻訳本の進行について問い合わせがあったらしい。編集部から得た情報を小出しにしながら、もう少しお待ちくださいとくり返している。

智紀が話しかけられる雰囲気はどこにもなく、ついさっきのあれは、気安く口にできる内容でもない。自分たちの会社のことを思い切りバカにされたのだ。

明林の営業なんて、とか。転職先の世話をしてやろう、とか。

再び頭に血がのぼりかけ、気を静めながら手提げ袋を所定の場所に戻した。黒板に向き合う。自分の名前の欄に書いた「ゼンパン」を消して、受け持ちエリアの地名を書き入れた。

席に戻って用意を調える。今日もメインの仕事は書店まわり。鞄を摑み、智紀はいつもと同じように「行ってきます」のひと言で営業フロアをあとにした。


取次に見せたばかりの単行本と文庫については、「今月の新刊」というチラシに紹介文が掲載されていた。営業の仕事としては既刊本の在庫チェックや補充分の受注もさることながら、新刊のプレゼンに自然と力が入る。期待を背負った大切な本ばかりだ。

刷り上がり製本された本は取次各社に納品され、そこから全国の書店に配送される。すべての本が同じだけ届けられるのではなく、書店の規模や特色、今までの実績によって送付数が変わってくる。大型店なので百冊、小型店は五冊というパターンもあれば、ビジネス街の書店なので経済書は多く、児童書は少なく、というのもありえる。中高生でにぎわう店ならば参考書の配本が多くなり、ファミリー向けの店舗ならば料理本が充実するというような仕組みだ。データを駆使していかに効率よく本を送り届けるか、取次の腕の見せ所であり、常に「適材適所」、シビアな英断が求められる。

売り損じを防ぐことは出版社にとって死活問題なので、すべてを取次に任せずに配本先を指定する会社もあれば、任せつつも並行して営業活動にいそしむところもある。明林書房の場合は後者。智紀は見本を持って取次に配本をお願いする一方、足を使って書店を回りアピールにつとめる。

「こちらの書店ですと配本分だけでは足りなくなると思います。今のうちにもう五冊、追加注文を出してはどうでしょう」

あるいは、

「売れ行きの具合を見てからでかまいませんので、調子がいいようでしたら、すぐに追加分のFAXをいただけますか」

そう言って、注文用紙を置いていく。場合によっては後日、電話をかけますと約束しておく。いずれにしても、もうすぐどんな本が出るのか、意識してもらうのが重要だ。

すべきことはわかっているので書類の入った鞄を肩から提げて、智紀は自分が受け持っている書店でまずは在庫チェックから始めた。入店したときに担当の書店員には挨拶したが、今日は人手が足りないのか、いつも以上に忙しそうで、話をするための待ち時間は長くなりそうだ。おまけに他の出版社の営業マンとも重なっていた。チェックを終えて、お客さんの邪魔にならないようフロアの片隅に向かうと、顔なじみがふたりもいた。

「おお、ひつじくん。昼飯まだだろ。何食べる?」

ちゃらけたホストっぽいノリで、井辻《いつじ》智紀という人の本名を勝手にもじり、「ひつじくん」と呼び続ける失礼きわまりない男と、

「ぼくもう食べちゃったけど、付き合ってあげてもいいよ。万来軒《ばんらいけん》の日替わりランチ定食はオムレツと鶏《とり》の唐揚げ薬味ソースがけだよ」

一日何回食べたら気がすむのだろうと疑問がふつふつ湧いてくる、ぽっちゃりふくよかな肉まんを思わせる男だ。

前者が佐伯書店《さえきしよてん》という、明林よりひとまわり大きい出版社の営業マン・真柴《ましば》で、後者がそれよりさらに大きな総合出版社に所属する営業マン・細川《ほそかわ》だ。

ふたりはランチの店についてひとしきり盛り上がる。どこそこの店のクーポン券をもらっただの、ドリンク付きメニューはあそこがお得だの、誰それさんが居眠りしてるのをみつけただの、ウェイトレスの制服の好みだの。

本を作って売ってる者同士、出版社は互いにライバルという関係になるのだろうが、じっさい中に入ってみると意外なほど横のつながりが多く、社員同士の付き合いもフランクだ。外回りの営業は特に、受け持ちエリアが重なればしょっちゅう顔を合わせる。書店員の手が

空くのを待っている間は互いに手持ちぶさたでもあり、時候の挨拶といった無難なやりとりから、最近の景気、聞きかじった噂話に至るまで、その場に応じて適当に雑談を交わす。ときどきは本音ももらす。

脱線も多いが、思いがけない情報をキャッチすることもあり、ほどほどの付き合いは大切だ。智紀もそのあたりの呼吸を覚え、いつもだったらもう少しフレンドリーな相槌を打つのだけれど。

今日は無理。昼飯を一緒になんて、冗談じゃない。早くひとりになりたい。

「あれ？　ひつじくん、今日はずいぶん静かだね」

「井辻です。ぼくはいつも静かですよ」

「そういえばさっき、在庫チェックしながらため息ついてなかった？　先週はもうすぐ津波沢《つなみざわ》先生の新刊が出るって、張り切っていたのに」

細川の言葉に智紀は曖昧《あいまい》にうなずき、真柴が「まさか」と声をひそめる。

「トラブルがあったわけじゃないんだろ？　そろそろ見本だよな」

「はい。本は無事にできあがりました。来週には予定通り店頭に並びますよ。今朝は取次に見本を持っていったんですけれど」

そこまで言ったところで、やっぱりため息が出そうになる。唇を噛んで顔を上げると、真柴の丸く見開いた目と、細川の奥まったところにある目が、好奇心たっぷりに待ち受けていた。面白そうなものの匂いを嗅《か》ぎ取ったかのように、生き生きと輝いている。

ほっといてくださいと言いかけて、待てよと思う。例の傍若無人男は、智紀が明林の営業であることを知っていたのだ。ひょっとして同業者？

「ひつじくん、何かあったんだろ。話してごらんよ。もうしばらく待たされそうな気配だしさ。君の悩みに耳を傾ける有意義な時間にしよう」

「井辻ですってば。べつに悩みっていうんじゃないですけれど、今日その、見本を持っていったときにへんな人に出くわしたんですよ」

「へん？」

智紀からすると他社の営業マンである真柴も何かとへんな人だ。もとは書店員だったそうだが、出版社の営業マンがきれいな書店員さんと恋に落ちて結ばれるというロマンを本気で夢見、出版社に転職したと聞いた。

「人のことを『おい、そこの』と呼び止めて、ありえないほどひどいことをいろいろ言ったあげく、『売れない本、ちまちま作ってんじゃねーよ』って……」

とたんに真柴が、「ああ」と反応した。打てば響くような速さだった。

「あいつ、帰ってきたのか」

肉まんのごとくふくよかな細川も負けじと割りこむ。

「帰ってる、帰ってる。先週会ったもん。ぜんぜん変わってなかった。そりゃもう、まったくあのまんま」

「知ってるんですか」

「まあな。知ってるも何も。ひつじくんが見本を持っていったのはゼンパンだろ。そいつはゼンパンの人間だ」

ということは……。

「取次？　まさか！」

ふたりはこくこくと首を縦に振って応じる。

「世の中広しといえども、白昼堂々そのセリフを吐くようなやつは、さすがにひとりしかいないだろうよ。大越《おおこし》っていうんだ。通称、デビル大越――」

デビル。智紀は愛用の書類鞄を肩から提げ、注文用紙をバインダーにはさみ、それを胸に抱えながら書店のフロアに立っていた。すぐとなりは法律関係の本、目の前に新書の棚、天井からは映画化された本の立体ポスターがぶら下がり、ベビーカーを押した女の人が横切っていく。レジからは「いらっしゃいませ」「ありがとうございます」の声。そういう平和で、和やかで、明るい活気にあふれた場所で、智紀は耳慣れない「デビル」という言葉に思わず大きくうなずいた。

なんて、ぴったりなんだろう。

「有名な人なんですか」

「そりゃもう。かわいそうにね。災難だったね。君はどうせあれだろ、新刊の紙袋を提げて、まったく無防備に、お菓子の入ったバスケットを持ったあかずきんちゃんのごときのんきさで、ゼンパンの中をぺこぺこ歩いていたわけだ。そこに真っ黒な影が忍び寄り、もしもしお嬢ちゃんと呼び止められて、『あらなあに』と振り向いたところを、いきなり頭からガブッ」

「やめてくださいよ。どうしてぼくがお嬢ちゃんなんですか。キモイです」

眉を寄せて抗議の目つきをすると、両腕をむぎゅっと組んだ細川は細川で、同情たっぷりの声を出す。

「あれにいきなり出くわしたら誰でも驚くよ。君だけじゃないからさ。悪魔な発言はいろんな人が言われて、みんな驚いたり頭にきたり。だけど仕事上の付き合いがあるから正面切って言い返すこともできず、なんとなく我慢しちゃってるんだ」

「そんな……」

言われっぱなしなのか？　仕事がらみの相手ならばトラブルはまずいだろうが、そもそもほんとうにあれは取次の人なのだろうか。すぐには信じられない。

智紀の知る限り、ゼンパンだけでなく取次会社の人は出版社に対して礼儀正しく、まあまあ親切で、けっこう気さくだった。それこそ仕事としては厳しい対応を取られたこともある。印刷が間に合わず「見本」以前のサンプルを持っていき、注意されたり、受け付けてもらえる冊数を減らされ、粘ってもけんもほろろだったり。

けれど納得の範囲内であり、お互い立場がちがう。それぞれの言い分がありつつも、歩み寄ってスムーズに作業が流れていく。相手は仕事上の大事なパートナーだ。社会人としても、傍若無人になれないのが当たり前。なれる方がおかしい。

「だから異端児であり、変人なんだ。まあ、気にすることないな、うん」

「そうだよ。今度会ったら目を合わせないことだね。石にされちゃうよ」

「それはデビルでなくて、ゴルゴンだろう」

ふたりが軽口を叩いている間に担当者の手が空き、やっと仕事の話が始まった。津波沢陵《りょう》という往年の流行作家の久々の新作が出るとあって、短いながらも会話は弾み、追加注文も取れた。

いつもだったらこれでじゅうぶん幸せな気分になれるところ、チラシにある他の本を思い出して気持ちが沈み込んだ。初版の刷り部数が少ない上に、重版の期待もあまり持てない本だった。

こういうのを、ちまちま作っている売れない本というのだろうか。

何もわざわざ三人して昼食を取らなくてもと思ったが、仕事がすんで共にフロアを引き揚げているともうひとり、顔見知りが加わった。

「あー、飯か。そういやオレもまだだった。今日はどうせ長くなりそうなんだ。先に食べておこうっと」

大手と言われる総合出版社の営業マンで、スキンヘッドがトレードマークの海道《かいどう》だ。誘ってもいないのにUターンしてくっついてくる。おまけに万来軒ではなくビストロ山北《やまきた》がいいと言い出し、「こっちこっち」と陽気に手を振る。頭の天辺《てっぺん》から声を出すやかましい男なので、抗議するのもめんどうでずるずるとそちらに流れていった。智紀以外の三人は同年代で、智紀からすると先輩だ。

「オレも会ったよ、デビル。たしかに相変わらずだった。そっか、井辻くん、いじめられちゃったか。でも、がたいがよくて目立つ男だから次からは見た瞬間、逃げ出せばいいんだよ。大丈夫」

どういうアドバイスだろう。

「そういえばこの前、『ちまちま』よりもっとすごいことを言ってたよ。ミタムラ書店だったっけな、あそこに江川社《えがわしゃ》の人がいたんだけど、何しろ小さい出版社じゃないか。知り合いの他の営業に、経営が苦しくて給料が下がったとぼやいていたんだよね。そばにいたオレの耳にも入ったんだけど、そのとなりにたまたまいたデビルにも聞こえたらしくって。あいつ、鼻先でフンって笑ってから、『とっとと潰れちまえ』って」

うわわわ、という声が一斉にあがった。四角いテーブルを四人で囲み、海道と真柴がメンチカツランチ、細川が煮込みハンバーグランチ、智紀はポークソテーランチを食べていた。せっかくのトマトソースが苦くなるような話だ。経営の厳しい弱小出版社に向かって、「潰れちまえ」か。どういう神経だろう。

「ひどすぎますよ」

フォークを握りしめ、智紀は思い切り肉に突き刺した。

「まあまあ、あの男は前からそうなんだよ。入社してすぐの頃から面の皮が厚くて唯我独尊で、生意気で、あちこちとやりあったんじゃないかな。九州にも、どうせ飛ばされたんだろうよ」

「そのわりには向こうで元気だったよ。書店のトップに限らず地場産業のお偉いさんなんかと仲良くなって、あちこちにパイプを作り、精力的に動いていたらしい。やる気があって勉強家、最近の若いのにしては骨があるって、悪口以外の評判もちらほら聞いた」

海道は九州も担当エリアとして抱えているので、向こうでも顔を合わせたそうだ。

「しっかりゴルフ焼けなんかしちゃって、憎ったらしさに磨きがかかっていたな」

「へえ。地場産業にゴルフね。ちょっと意外。ああ見えても、書店には地味に粘り強くコンタクトを取ってたんだけどな」

「あの人が地味?」

そっちの方が意外だろう。真柴の言葉に、智紀は疑わしそうに眉をひそめた。大きく切り分けたハンバーグをひと呑みした細川が横から口をはさむ。

「デビルはね、あれだよあれ。出版社を憎んで、書店を憎まず」

「どっちも憎まないでくださいよ」

智紀のツッコミに、他の三人はいたって陽気にアハハと笑った。なんでここで笑うのか、信じられない。もっと腹を立て、本気で憤《いきどお》ってもいいのではないか。かりかりしているのは自分だけのようで、そこもなんだか口惜《くや》しい。

「結局、華やかで大きなところが好きなんでしょう? うちみたいな弱小は目障りだと思っているんだ。書店だって、大きなチェーン店や地元の一番店がいいに決まってる」

「書店はそうでもなかったんだけどな」

「うん。出版社もだよ。やたらでかくて、どかどか出すところはキライらしい。一点ずつ、よくよく吟味《ぎんみ》した上で出し、ベストセラーの打率が高いところが優良出版社なんだって。成績表を作って突きつけてやりたいと息巻いていたっけな」

「それ、何さまの発言ですか」

「だから、デビルさまだよ！」

みんなの声が元気よくそろった。いやがっているというより、ぜったい面白がっているな。

「でももうあいつ、営業じゃないんだろ？」

「うん。戻ってきてからは、雑誌流通のセクションと聞いたよ」

「なら、あんまり顔を合わせることはないよね。よかった。書店のフロアでばったり、というのはなくなるんだ」

「甘い。あれがおとなしくデータ管理だけしてると思う？」

「そうだよ。現にオレは出くわしたんだよ。九州でも会い、東京でも会い。どうしよう、しもべにされそう」

先輩たちの会話に智紀は黙って耳を傾けた。取次にもさまざまな部署があり、デビル大越とやらは二年前まで書店と直にやりとりする仕事に就いていたらしい。エリアは、今ランチを食べているメンバーとかなり重なっていた。だから毒気にも当てられてきたのだ。

戻ってきた今はよその部署に移ったようだが、かつてのシマが懐かしいのか、うろちょろしているようだ。海道や細川に再会し、智紀も声をかけられた。

「真柴さんも何か言われたりするんですか」

「まあな。同年代だから言いやすいというのがあると思うよ。ひつじくんの場合は年下だからよけいだね。でも最近うちは、キャプテン・ジャックのシリーズが好調でトータルすでに百万部なんだ。そういうのがあると、急に風当たりがやわらかくなる。わかりやすい男だから」

ハンバーグをたいらげた細川もうなずく。

「うちも『敬語ひとつで賢く見える』がバカ売れだから。ほんと、助かった。以前だったらぼくのお腹にパンチを入れて、腹を出さずにベストセラーを出せとしつこく絡まれたよ」

「オレなんか、例のフィッシュシリーズでデビル閣下に誉められちゃったよ。いいの作ったじゃないか、プロモーションもうまいって。あの人の笑顔が自分に向けられるのって初めてかも。おっかない体育の先生に、いいタイムだってストップウォッチを見せられた気分」

「いよいよ手下の雰囲気だな」

海道のいう「フィッシュシリーズ」は映画化された話題作で、さらにゴールデン枠でテレビドラマ化も決まった。若手の新進俳優が主役に抜擢され共演陣も豪華とあって、先日、記者会見が派手に行われたばかりだ。

三者三様に自社の売れ行き好調品を抱えているわけで、それに比べ、明林書房はこのところヒット作に恵まれていない。

もうひとつ、三人がデビル大越に寛大な理由に、智紀は遅ればせながら気づいた。細川がぷぷぷと笑いながら噂話を切り出したのだ。

「そういえばさ、九州でも書店員さんに嫌われたらしいよ。福岡のエスエス堂で、文芸の品揃えがひどすぎると毒づいたらしい。そしたらあそこ、熊本から加賀野《かがの》さんが移ってきたばかりで、一悶着あったみたいなんだよ」

「わあ、やっちゃったのか。もったいない。加賀野さんを怒らせるなんて」

「ほんと！　あんなにきれいでやさしくて清楚《せいそ》で知的な書店員さんに嫌われるとは。さすがデビル」

「黙って立ってれば、そこそこモテそうなのにね。口を開けば台無しなんだから」

「繊細な機微のわからないやつだからな。我々のやさしさが際だつというものだ」

「ありがとう、デビル。いいやつだ」

この連中にもうひとり、強面《こわもて》の岩淵《いわぶち》という営業マンを加えて「マドンナの笑顔を守る会」なるものが結成されている。すてきな女性の書店員さんの笑顔を、抜け駆けなしに温かく見守ろうという会であり、それに並々ならぬ情熱を注いでいる彼らに、智紀は前々からついていけないものを感じていた。「守る会」ではとんでもない異端児相手にも、独自の評価が下るらしい。

この人たちにとって、もっとも許せないのはすてきな書店員さんの好意を勝ち取る男であり、嫌われたらそれだけで好感度が増すのだ。

「もしかしてデビルが戻ってくるのはまだしも、吉野《よしの》さんはノーサンキューだったりするんですか」

吉野は誰もが認める優秀な好青年であり、現在は明林の編集者。その前は営業マンとして今の智紀のポジションに就いていた。智紀のもっとも尊敬する会社の先輩だ。加えて女性書店員に人気があった。

「愚問だね、当たり前じゃないか」

「吉野さんとその、大越さんって人は、まさか仲良くないですよね」

「ああ。かなり危険な雰囲気だった。表だってふたりがけんかでもしてみろよ。デビルはともかく、吉野に対しては、見かけによらずホットね、ワイルドなところがあるんだ、そういう吉野さんもかっこいい、な一んてことになるかもしれないだろ。ほんと、女心ってむずかしい。ひやひやさせられたよ」

そこか。真柴の心配はしょせん、それなのか。

大越は吉野にもあの暴言を浴びせたのだろうか。そのとき吉野はどういう態度を取ったのか。いろいろ気になっているうちにポークソテーを食べ終わり、食後のコーヒーにミルクを入れすぎて、いたずらにスプーンをくるくる回しているうちに、みんなは「さあ」と腰を浮かした。

各自で精算をすませて表に出ると、智紀以外の三人はたちまち頭を切り替え、仕事の顔をして次の訪問先へと散っていった。午後からの営業活動に精力的にいそしむのだろう。ベストセラーを手にした営業マンたちの足取りは、気のせいかいつもより速くて軽い。

そして地道な売り上げを細々と抱えた出版社の人間は、重たい鞄を肩にかけ直し、ため息がちに雑踏へと紛れこんだ。

智紀はその日、予定していた書店を八割方まわり、七軒の店で担当者に会い、まあまあの打率をおさめたところで区切りをつけて帰社した。六時を少し過ぎていた。パソコンを立ち上げ報告書を書いてメールのチェック。急ぎの用件に返信し終えたところで秋沢に呼ばれた。

来週発売予定の新刊に、新しいポップができたとのこと。三階の編集部に見せてくるよう頼まれた。

受け取って階段を上がっていく。朝の九時から精力的に仕事を始める営業部とちがい、編集部は昼過ぎからちらほら人影が増え、夕方は電話をかけている人や打ち合わせの話し声、段ボール箱から新人賞の応募原稿らしきものを出してデスクに積み重ねている人、メール便の指示を出されてうろうろしているバイトの子などで、ざわついていた。

智紀はそれらをざっと眺め回してから、ポップの本を担当している編集者、吉野の元に歩み寄った。ペンを片手に真剣な顔で、プリントアウトされた原稿らしきものに目を落としていた。元営業マンで、数年前に編集部に異動になった。その穴を埋めるべく採用されたのが他ならぬ智紀だ。担当エリアをごっそり受け継いだ。

吉野は清潔感のあるすっきりとした顔立ちの好青年で、抜群に仕事ができたらしい。書店からの信頼も篤く、未だに配置転換を惜しむ声を聞く。後任の智紀としては内心、複雑だ。吉野くんはどうしてる？　元気にしてる？　という近況を尋ねる言葉ならばまだしも、智紀の提案する品揃えに対して、吉野くんの意見が聞きたいと言われた日にはどういう顔をしていいもの

「いや、いきなりだったんで、ぽかんとしただけで」

「じゃあ、次はどうする？　きっとまた言ってくるよ」

まっすぐ向けられている吉野の視線を居心地悪く感じつつ、智紀は言葉を探した。ヒット作云々《うんぬん》と言われ、よけいなお世話だと突っぱねるのか。いい加減にしろと怒るのか。失礼な物言いはやめろと冷静に反論するのか。

「無視します」

「それじゃあ、だめだよ」

間髪をいれず、却下された。

「ちゃんと君なりの答えを用意しておきなよ。それには、なぜあいつがそういうことを言うのか、知るのが一番だと思うな」

「なぜって……。売れるものを出さなきゃいけないことくらいはわかってますよ。もっと他に、個人的な理由があるんですか？」

突っかかるように尋ねてしまったが、吉野は白い歯をのぞかせて鷹揚《おうよう》に笑った。

「あるよ。あるから言えるんだ」

みつけてごらんと立ち上がる。

「ヒントをあげよう」

すたすたとフロアを横切り、壁に並んでいる書棚に向かう。文庫がぎっしり詰まった棚だ。もちろん明林書房の文庫。智紀はあわててあとを追いかけた。

吉野には目当ての本があるらしく、ひとしきり目を走らせ、上段を見上げたり下の段をのぞき込んだりしながらやっと一冊を取り出した。

『蒼《あお》の月』、古島翠《こじまみどり》。

新しくはない。十年以上も前に出た本だ。根強い人気があるので、未だに切らしてはいないけれど……。

差し出され、受け取る。これがヒントらしい。

『蒼の月』は文庫化されたのが今から十年前だ。単行本が出たのはそれより三年前になる。

作品の舞台は小児病棟で、そこで起きた謎の転落死事件を、若い小児科医が追いかけていくストーリーだ。亡くなったのは入院患者である少年で果たして事故なのか、自殺なのか、殺人なのか。自殺ならばその理由は何か。殺人ならば誰がどうして？　さまざまな疑惑が浮かんでは消え、複雑にもつれあい、登場人物は誰もがあやしく、どこまでいっても少年の死は哀しい。

結末に意外なトリックが用意されているわけではないが、関係者の心情には真に迫るものがあり、涙なくしては読めない。智紀は大学の頃に読み、今回の再読でもティッシュのお世話になった。

著者である古島翠という人は他社の新人賞を取ってデビューした。『蒼の月』は四作目に当たる。明林書房から出たのはこれきりだ。そのあと別の会社から一冊出たものの、ここしばらく新作の出版が途切れている。

吉野以外の別の編集者に尋ねたところ、本業は勤務医だそうで、そちらが忙しくなり執筆から遠ざかっているらしい。

問題は、この本と大越との関わりだ。

智紀が次に大越の姿を見かけたのは、「西雲堂《せいうんどう》」というチェーン店の北横浜《きたよこはま》店だった。スーパーの中にある百坪ほどの書店で、このところずっと業績悪化にあえいでいる。人手不足も深刻で、この状況下では品揃えよりも従業員が明るく働けることを優先せざるをえないのだと、以前、店長は語っていた。

書店の仕事は煩雑で、棚や平台《ひらだい》をきちんと整えようと思ったら、店長はもちろんスタッフ全員がどんどん動かなくては間に合わない。限られた時間内で効率よく——というのはどんな仕事でも当たり前のようだが、もともと用事が多い上に、営業時間中はしょっちゅうお客さんにつかまる。うろ覚えの本を探したり、取り寄せる本の相談にのったりしているうちに、十分、二十分はあっという間だ。レジが混めば、助けに入らなくてはならない。集中的に仕事をこなすことはむずかしい。

常に時間に追われ、古参には古参のジレンマがあるが、新しく入ってきたスタッフは書名や陳列場所をなかなか覚えられずに右往左往をくり返す。雑誌も書籍も多種多様な上に、毎日新刊が入ってくる。カレンダーの受付だの、予約された本のキャンセルだの、そのつど異なる対応が求められる。教える方もひと苦労だ。

売り上げの低迷している店は人件費も抑えられてしまうので、少ない人数の中でやりくりしなくてはならない。新しい人への教え方はおおざっぱになり、もっと早く動けと人を急かし、自分も急かされる。日々の業務は細かいところまで行き届かず、古株も新人も余裕がなくなり、お客さんへの対応にも影響が出てしまう。

これではいけないと、北横浜店の店長は思い切り、できないことには目をつぶるようになったそうだ。パートやアルバイトが疲れ果てて辞めていくのを、なんとか食い止めるために。

そのおかげか店全体の活気は少しずつ盛り返しているが、売り上げ的には現状維持がぎりぎり。いつまで保《も》つかと囁《ささや》かれ、撤退の二文字がたえずちらつく。智紀にしてもいつなんどき「ついに」と切り出されるか、訪問するたびに妙な緊張を強《し》いられる。

ともあれ今月の新刊は予定通りに配本される。智紀にしても通常通りにフォローすべく、スーパーの二階に上がった。エスカレーターのそばにある時計コーナーで「電池交換百円引き」の張り紙にふと足を止め、自分の腕時計に目をやる。正確な時間を表しているけれど、家には電池切れのもあったなと思いながら顔を上げたところで、めざすフロアに黒々とした人影があることに気づいた。

思わず足が止まる。大越だ。この店の取次はゼンパンなので、いたからといって不自然なわけではないけれど、もう書店まわりの部署ではないだろう。

どこに立っているのかはすぐわかった。文庫の通路だ。しかもあれはいつも自分が立ったりしゃがんだりしている場所、明林文庫の前ではないか。大越はじっと背表紙をみつめ、ふと片手を持ち上げた。人差し指で本の列をなぞる。どこかで止め一冊引き出すのかと思ったが、そのまま指先を引っこめた。しばらく丸めた拳を宙に浮かせ、ぱたりと下ろす。

そこに、西雲堂の店長が現れた。手にしていた紙切れを大きく広げ、しきりにその紙と店内と、視線や指先を行ったり来たりさせる。店長は珍しく上機嫌でにこにこ笑っていた。大越相手に熱弁をふるっているように見える。けれどその大越の表情に明るいものはなく、紙と棚とを見くらべる視線は精彩を欠いていた。

やがてふたりは連れだって、時計を気にしながら廊下の向こうに消えていった。時間からすると、昼食でも取りに行ったのか。智紀は棒立ちになっていた自分の足を動かし、やっと目的の場所にたどりついた。さも、今来たような顔で如才なく挨拶してしまう。

「店長なら、たった今、お昼に行っちゃいましたよ」

「そうですか。タイミングが悪かったかな」

白々《しらじら》しい自分の言葉。柱の陰で盗み見していたことよりも、大越から逃げているようで忸怩《じくじ》たる思いが広がる。智紀の挨拶した書店員は、折りたたんだ紙を小脇に抱えていた。

「それ……」

「ああ、今、店長から預かったんですよ。なんだろう」

さっきの紙だ。自分も興味を持ったのか、彼はその場で無造作に広げてみせる。

店の図面だった。柱や棚、イベント台、レジの位置が、かなり細かく正確に描かれている。しかも二枚ある。見くらべてみると一枚は現在のフロアとほぼ同じ。もう一枚は、文芸書の広さ、新書の位置、地図ガイドと実用書の並び順など、ずいぶんちがいが見受けられる。イベント台の大きさや配置が異なり、児童書コーナーはずいぶん狭く、かわりに美術や歴史、哲学などの専門書が幅をとっていた。

「レイアウト、変えるのかな」

若いスタッフがぽつんとつぶやいた。

「そういう話、あるんですか」

「さあ。かもしれない。うちはほら、ここんところいろいろ苦しいから。てこ入れかな」

「さっきちらりと見かけたんですけれど、ゼンパンの人が来てましたよね」

「ゼンパン？」

「取次の」

「ああ。あの人、取次なんですか。取次って問屋さんのことですよね」

詳しいことはわからないらしく、彼は図面を元のように丁寧に折りたたみ、智紀も話を切り上げて自分の仕事に入った。店長と話をするのはあきらめ、欠本をチェックし、新刊本のチラシを置いて店をあとにした。

エスカレーターで一階に下り、生鮮食料品売り場の脇を抜け、出口に向かって歩いていく。その途中、何気なくフードコートに目をやった。そば屋、ラーメン屋、ハンバーガーショップ、大判焼き、ソフトクリームの店がぐるりと囲むにぎやかな一画だ。さっきのふたりがプラスチック製のチープな椅子に、向き合って座っていた。店長と大越だ。

テーブルの上には食べ終わった丼やカレー皿が置いてある。こんなところで食べていたのか。自分はもとより真柴や細川といったメンツならばおかしくない。簡単に手早く食べるにはちょうどいい店だ。割引券があったらありがたく使う。

けれど大越がこういった店に入るというのが意外だった。まして、取引している店舗の責任者を伴っての昼食だ。上の階に行けば、もう少しちゃんとしたレストランがある。なぜこんなところにいるのだろう。

フードコートはよくいえば活気がある。悪くいえばうるさくて落ち着かない。今もふたりの座るすぐそばで、子ども同士のけんかが始まっていた。おもちゃを取った取られたで片一方は大泣きだ。口惜し紛れにもう一方をどつき、その子の手にしていたものが勢いよくすっ飛んだ。

ちょうど大越の足下に落ちて転がる。大柄な彼は座ったまま手を伸ばしそれを拾い上げ、「おっ」という顔になった。目の前に座る店長にわざわざ見せ、おもちゃらしきものの真ん中を自分の指先で指し示した。そこに何があるのか、大越はにっこり笑い、店長も笑顔で応じた。

ほんの一瞬の出来事だった。けんかのおさまった子どもに、大越は声をかけ、拾い上げたものを差し出す。お母さんに背中を押され、もじもじしながら子どもがそれを受け取った。はずかしそうにしながらも笑っているので、大越はおっかない顔をしていないのだろう。いかにも子どもは苦手そうなのに、気さくな一面があるらしい。

そんなことを思いながら智紀は立ち去ろうとして、店長の様子に驚いた。たった今、笑っていた顔がくしゃりと歪み、口をへの字に結んでいた。目元に手をやる。まるで泣いているようだ。

どうして？ それも、こんなところで。

呆然とする智紀の目の前を、今の親子連れが通りすぎた。子どもの手には厚紙でできた『機関車トーマス』が握られていた。新書を横にして、もう少し細長くした大きさ。厚みは一センチほど。下の部分に丸い車輪がふたつついている。

あれは玩具店で売られているおもちゃではなく、絵本だ。書店の児童書コーナーで、智紀も何度となく見かけていた。


「へー、これが手がかりか」

「真柴さん、知りません？ だったらよかった」

その数日後、飲み会で顔を合わせたさいに真柴に尋ねた。付き合いのある書店員さんがこのたび、児童書コーナーでのあれこれをまとめたエッセイ集を出すことになったのだ。日々の業務でのエピソードはもとより、絵本の読み聞かせといったイベントの様子から、絵本や児童書の案内、幼児向け「ドリル」の選び方なども綴《つづ》られている。

もともと出版社のウェブサイトで連載していたものに加筆し、かわいいイラストがつけられた。子どもを持つ若い主婦層を狙うそうだ。

「なんで『よかった』、なの？ デビルの素姓、知りたいんだろ」

「答えをそっくり聞いてしまったら、ずるしたみたいじゃないですか」

「知ってても言わないよ」

「えー、知ってるんですか！」

ふふんと笑われ、どちらなのかぜんぜんわからない。

「大越さんは、真柴さんや吉野さんと同年代ですよね」

「うん。この文庫が出たときはだいたい高校生だな。単行本だとその前か」

せっかく吉野からもらったヒントなのに、どう結びつければいいのか未だに考えあぐねていた。彼自身の個人的なエピソードに絡んでいるはずだ。文庫にせよ、単行本にせよ、『蒼の月』が出たのは彼の高校時代。取次とは関係のない頃だった。

「出身はどこだか、聞いてます？」

智紀に尋ねられ、真柴は文庫の巻末にある著者略歴のページを開いた。

「うーん。この著者さんは旭川《あさひかわ》在住になっているね。北海道の人か。デビルくんは関東だと思ったな。東京、神奈川ではなく、もっと北の方の」

小さな居酒屋を貸し切ってのお祝い会は盛況で、その輪から外れないよう気をつけながら真柴とすみっこのテーブル席で枝豆やポテトをつまんでいた。この場にデビルの話題はふさわしくない。話しこまないよう、クールダウンするつもりで智紀はビールグラスを傾けた。喉《のど》を潤していると、傍《かたわ》らから声をかけられた。

「ねえ今、デビルのことを話してなかった？」

こちらの返事も聞かず、さっさと向かいの席に腰を下ろす。智紀は内心、ぎくりとした。長《は》谷《せ》川《がわ》さんという取次の女性だった。しかもゼンパン。ということはデビルと同じ会社の人だ。真柴よりいくつか年上で、やたらさばけた楽しい人ではある。今もしっかり自分のグラスを手にしていた。

「うちの悪魔くんがまたブラックなことを言ってたんだって？　海道くんから聞いたの。井辻くん、ごめんね。ほんと、この通り」

　グラスを置いて、手を合わせ拝むまねをする。智紀はあわてて身を乗り出し、やめてくださいと両手で制した。真柴がまあまあとビール瓶を摑み、長谷川さんのグラスにビールを注ぐ。

「いちいち気を遣っていたら身がもたないですよ。彼氏ならほったらかしても大丈夫。どうせハートは我々とちがって鋼鉄製なんですから」

　真柴に言われ、長谷川さんは「アリガト」と肩をすくめた。注がれたばかりのビールに口をつける。

「あー、おいしい」

「ぐっといってください、ぐっと。長谷川さんとは前も今も、部署がちがうんでしょう？」

「うん。幸いなことに。でもね、初めて顔を合わせたときから、インパクトが強烈で忘れられないのよ。なんかこう、挑まれているような気がした。けんかを売られてるような感じ」

　思わず真柴と一緒に目を丸くする。

「長谷川さんがそれを言うんですか。我々は最初から、けんか腰で嚙みつかれてますけど」

「ごめんなさいね、ほんとうに。けど私もたぶん嫌われてる側よ。そういう意味ではお仲間だ。

このさいよろしくね。まったくもう、何を考えて取次会社に入ってきたのやら。うちを潰す気かしら。ときどきまじでそう思うわ」

ちっとも笑えない話だった。智紀は本気で引きつった。けれど意外なことに、長谷川さんはさばさばした顔でビールを飲み干し、新しい割り箸を使い、大皿に残っていた海老春巻きに手を伸ばした。

ぼんやりしていると真柴に小突かれる。となりのテーブルに残っている冷えたビールを取ってこいというのだ。すぐに動き、目の前のグラスに新しいビールをついだ。

「物騒なことを言ってるわりには長谷川さん、けっこうデビルくんのことを面白がっていませんか？　四川料理はやっぱり辛くて旨いな、っていう雰囲気で」

真柴の言葉に、長谷川さんはアハハと笑う。

「たまには唐辛子が入らないと、味がしまらないものねえ」

「もとはテニスのプロ志望でしたっけ。高校のときに大怪我して断念したと聞きました。でも本は読んでますよね。『カラマーゾフの兄弟』や『モンテ・クリスト伯』からSFに流れて、ハードボイルドも好きで、日本人だと高村薫や山崎豊子、筒井康隆、吉田修一」

「真柴くん、よく知ってるのね。小さい頃からちょこちょこ怪我や病気があったそうで、布団の中で本を読みふけっていたみたいよ」

ふたりの会話に智紀も加わった。

「でも、それだけでこの業界に入ります？　本が好きだとしても、読者のままでいいじゃないですか。あの人に合ってる職業なら他にもいろいろありそうですよ」

「まあ、そうだな。でも本作りをやりたくて出版社を受けたけど、落ちて恨んでいるとも考えられる」

「そうかしら。それだと我が取次会社には、もっとソフトな目線があってもいいと思うのよね。重ねて言うけど、デビルくんの辞書には愛社精神って言葉はないような気がするな」

「愛があるのは本と……」

「本屋だけ？」

真柴の言葉を受け、智紀が半信半疑で口にすると、長谷川さんはすばやくうなずいた。

「あれでも書店にはやさしいのよ。それも、売り上げが悪くて苦戦しているような書店だと特に。一生懸命対策を練って、提案するの。気の毒に、ほとんどが報われないんだけれどね」

「どうしてですか？」

智紀はいたって素朴に尋ねた。そのつもりだった。書店にやさしいのも対策を練るのも提案も、取次の立場からすれば正しい仕事ぶりだと思う。報われないと聞けば「なぜ」と首をかしげたくなる。そこにまたデビル大越ならではの理由があるのだと思ったのだ。

けれど闊達《かったつ》にしゃべっていた長谷川さんの顔がふと曇り、何か言いかけて口をつぐむ。たちまち微妙な空気があたりを包んだ。智紀がそれに気づき、あわてて話題を変えるべくしどろもどろになっていると、真柴が「おっ」という声をあげて腰を浮かした。

見れば、今日の主役がすぐそばに立っていた。となりのテーブル席の人と楽しげに談笑しているのだ。真柴に気づき、こちらのテーブルにも挨拶がてら寄ってくれた。

「岡田《おかだ》さん、いい本になりましたね。あらためて、おめでとうございます」

「わあ、ありがとう。忙しいのに今日はごめんね。あ、長谷川さーん」

「オメデト。装丁も帯もばっちりじゃない。あとは売れるだけだ」

「やめて、言わないで。売ってる方がずっと気楽だと初めて知ったわ。もうこりごり」

「何言ってるの」

空気も話も切り替わり、みんなの表情も一変する。

「あれ？ 真柴くん、その本なに？」

自分の本を出したばかりの本日の主役、岡田さんが真柴の手にしていた文庫に目をとめた。

「ああこれ、ひつじくんのですよ」

「井辻ですってば。ついこの前、読み終わったばかりの本なんです」

「私も読んだよ、それ。しみる作品よね。出たばかりの頃はあまり話題にならなかったけど、どこかの書店が取り上げて、火をつけたんじゃなかった？ いいな、私もそういうのをやってみたい。明日からまた書店員としてヒットを当てるわ」

長谷川さんがすかさず、「自著のヒットは？」と混ぜっ返し、にぎやかな笑い声に包まれた。

その帰り道、二次会に流れる人たちと次々に別れ、同じ駅に向かう真柴と肩を並べたところで、智紀は切り出した。

「さっき、まずいことを訊いちゃったでしょうか。長谷川さん、なんとなく顔つきが変わりましたよね」

「ああ、書店への提案の件だっけ」

「それですか」

自分の発言の何がまずかったのか、それさえわかっていなかった。

「おかしなことを言ったわけじゃないから、しょげることはないよ。ただささ、相手によって、触られると痛いところがある。そこは不用意に触るなよ、って感じかな」

やはりうかつなことを言ったのだ。

「ひつじくんだって、最近、おたくのミリオンセラーはなんですかって、無邪気に尋ねられたら痛くない？」

「いたたたたっ」

よくわかる喩《たと》えだ。少なくともここ数年、明林書房からは世間の話題をさらうようなヒット作は出ていない。そもそもミリオンなんて、めったに出るものではないし——と、開き直るのも虚しいだけ。

「でもどうして提案の件が長谷川さんの痛いところになるんですか。取次が書店に対していろいろ助言をするのは大事な仕事でしょう？　入荷や返本、商品構成についてのアドバイス、各種の専門的なデータをもとに有意義な意見を提示するのは、正しいことだと思いますけど」

「ちゃんと経営が回っているところならばね。ぎりぎりの崖っぷちに追い込まれている店には、こうなった責任はおまえにもあると、取次に対して不満を持っているところが多い。打開策を受け入れる体力さえ残っていない店は珍しくないよ。根深い問題が複雑に絡み合って、担当者の一生懸命さが素直には伝わらないんだ。さっきは長谷川さんの頭の中を、過去の苦いやりとりがよぎったんだと思うよ」

いつも明るく溌剌《はつらつ》としている彼女に、思わず顔を曇らせるような現実があるということか。

「危なくなっている書店なら、ぼくも行きますけど」

「書店の人から見たら、我々は数ある出版社の中のひとつだ。矛先《ほこさき》を向けにくい。でも取次は契約を交わした窓口だ。それもほとんどの場合、ひとつの取次に絞っている。売れる本をもっとちゃんと入れてくれれば、売り上げがもっと伸びた。そうすればこんな苦しい状況に追いこまれなかったと、言いたくもなるだろ」

売れる本の奪い合いは、智紀にとってもすっかりなじんでしまった話題だ。奪い合うくらいならたくさん刷ればいい、というのはもっともな解決策だが、刷ったものが売れ残れば返本されて出版社を直撃する。紙代も印刷代も持ち出しとなり、保管するための倉庫代までかかる。返本というロスを極力無くすためにも、刷り部数の大盤振る舞いはできないのだ。

そこで引く手あまたの人気作であろうとも、冷静に抑えられた部数が重版され、取次を通して全国の書店に振り分けられる。たくさん届けられたところはお客さんに喜んでもらった上に、売り上げ的にも潤う。けれど届かなかったところは、みすみす収益を逃すことになる。

「仕入れだけが問題じゃなく他にもいろいろあって、ややこしい話、きな臭い話はよく聞くよ。

でも取次だって、手をこまねいて見てるだけではないだろ。改善に向けての努力はしてると思うよ。長谷川さんがなんのかんの言いつつもデビルを買ってるのは、要するに期待の表れかも」

「期待?」

「現状打破。面白そうだろ?」

このままではだめだ。ネットの普及やら広告収入の減少やら、出版業界はまわりの変化についていけず立ち往生している。改善はすばやく、大きく。それは智紀にもわかる。だけどあのデビルに期待? どうしてそこにつながるのか。

「いちいち面白がらないでください。今してたのは、すごく深刻な話じゃないですか」

「もちろん深刻だよ。重大だよ。なんたって相手は神出鬼没だ。ニンニクくらい握っておかなきゃ」

「それ、吸血鬼ですってば」

駅に着き、改札口を抜けてホームへの階段を上がっていく。煌々《こうこう》と照明に照らし出されたホームがふと、書店のフロアにダブって見えた。色とりどりの表紙がひしめく明るい売り場。でもその陰でさまざまな軋轢《あつれき》が生まれている。悲喜こもごもという言葉があるけれど、「悲」の方はたちまち暗い穴に引きずり込まれる。一度足を掴まれたら、おいそれとは戻れないのだ。

「そういえばさ」

ホームに立ったところで真柴が口を開いた。

「さっきの一次会のやりとりで、ちょっと気になった。デビルのことだよ。本好きで出版業界を就職先に考えたとして、取次会社に就職したのはなぜだろう。一般の人は取次を知らない。長谷川さんだって、就職活動では商社やアパレルメーカーに狙いをつけていたらしい。あちこち当たっているうちにゼンパンを知り、もともと本好きではあったから興味を持ったそうだ。

「ああ、ぼくも明林でバイトをするようになるまで、まったく知りませんでした」

「黒子のような存在なんだよね。一般消費者の目にはほとんど映らない。デビルも長谷川さんと同じ理由なのだろうか。たまたまそういう会社があるのを知り、たまたま試験を受けたのか」

智紀はうなずいて、話を受け取った。

「たまたまにしては、入社してからの行動が変わってますよね。真柴さんと同年代ということはゼンパンに入ってからまだ数年でしょう？　入って間もなくの頃から、経営難の書店に興味を持っていたということになる。長谷川さんの言ってたのは九州に行く前のことだろうから、時期としてそうなりますよね。ふつうは大きな書店の華々しい活動の方に目がいきませんか？」

「うん。あいつの場合、最初から例の、ガツンとくるデビルぶりなんだよな。それも不自然といえば不自然だ。性格もあるだろうが、憎まれることにも確信犯という感じで」

「実家が書店って可能性はありますか」

出版社はキライ。取次もキライ。彼が気にかけるのは最初から書店だけだ。

「親は公務員だったと聞いた。でも、書店は身近にあったんだろうな。祖父母の家が書店とか、近所で入り浸っていた書店とか、あるいはお母さんや兄弟、もしくは自分が働いていたとか。新卒でゼンパンに入ったのなら、学生時代にバイトしていたのかもしれない。故障して運動ができなくなったなら、可能性としてありえるよ」

「どこの書店でしょうか」

いくら減ったとはいえ、全国津々浦々、何千店もあるのだ。

「さあ。あの調子だと長谷川さんも聞いてない。ということは仕事仲間にも話してないんだ」

「手がかりがないとわかりませんよ。ああ、もしかして」

智紀はあわてて自分のバッグを抱え、中に手を入れてまさぐる。一冊の文庫を引き抜く。

『蒼の月』　古島翠

これか。ヒントは。

数日前に大越がたたずんでいた場所に智紀は立っていた。西雲堂北横浜店の文庫売り場。明林書房の棚の前。大越はここで手を伸ばし、文庫の背表紙をたどっていた。智紀も同じように並んだタイトルを目で追う。

そこには『蒼の月』はなく、申し訳ない気持ちになった。彼はやはりあの一冊を探していたのだろう。

吉野はヒントとして文庫を差し出した。明林書房の本ではあったけれど、何かの賞を取ったわけでも映像化されたわけでもない。たくさんあるラインナップの中の一冊。手渡されてもとまどうだけだった。

この本に秘められたヒントとはなんだろう。内容、著者、出版社、時期、誰かの推薦、書評記事、帯や装丁。いろいろ考えたけれどこれというものは浮かばず、首をひねることしかできなかった。

でも真柴と話していて、大越がどこかの書店と深いつながりがあるのではという考えにたどりついた。その上であらためて手に取れば、ちがうものが見えてくる。

一冊の本がヒントとなり、書店が特定できる。かといってレシートの類が収まっているわけではない。もっと別の方法があるということだ。書店にとって、自分の存在を明らかにする特別な本があればいい。それはつまり、本にとっても特別な書店なのだろう。

智紀は出版お祝い会の席で、主役である書店員の岡田さんが言った言葉を思い出した。

「出たばかりの頃はあまり話題にならなかったけど、どこかの書店が取り上げて、火をつけたんじゃなかった？」

新刊はたいてい書店の中でも目立つ場所に置いてもらえる。一番の売れるチャンスだ。けれど時間が経てばじりじりと後退し、棚に一冊置いてもらえばいい方。そこから人目につき、ヒット作につながるのはむずかしい。

けれど『蒼の月』はもう一度脚光を浴びた。他店の書店員の記憶に残るほど、鮮やかな巻き返しの機会に恵まれたのだ。

他ならぬ明林の本なので、吉野以外の編集者に尋ねてみた。『蒼の月』を取り上げ、ブレイクさせたのはどこの書店か。答えはすぐに返ってきた。けれどその店はすでに七年前、閉店していた。

先日の訪問からほんの一週間後、智紀の足は西雲堂に向かっていた。大越を見かけたと言ったところ、真柴がレア情報を流してくれた。ついに撤退が決まったそうだ。この店もあと二ヶ月でなくなる。

もどかしさも寂しさもよぎる中、あらためて気がついたことがあった。先日訪れたとき、店の中で店長はレイアウトの図面を開き、大越相手に楽しげに話していた。けれども当の大越は終始硬い表情で、たまに相槌を打つのがせいぜいだった。

あとから見せてもらったところ、図面は二枚あった。一枚は現在のレイアウト。もう一枚はジャンルの配置や広さに異なる点が多い。これから変更するのかと、あのときは若い書店員と一緒に智紀も思ったが、逆だろう。

一枚は過去の配置であり、もう一枚の案に添って売り場を変えたのだ。あの変更案こそ大越のものではないかと智紀は想像した。スーパー内という立地条件に合わせ、児童書のスペースを広げ専門書を縮小するレイアウトを作製した。

九州から戻ってきた大越は、かつて担当した店を訪れ、店長は彼にリニューアル後の店を見せた。ひょっとしたら、彼がいる頃はそのプランを受け入れなかったのかもしれない。今になってにっこり笑って案内され、まさかへそを曲げたのではないだろう。大越は自分の提案では結局、店を救うことができなかったと、よくわかっていたのだ。

「井辻くん」

声をかけられ振り向くと店長が立っていた。

「この前はごめんね。せっかく来てくれたのにいなくて」

「いいえ。今日は近くまで来たので、ちょっと寄っただけです」

「そう。津波沢先生の新作、調子いいよね。うちでも三冊売れたんだよ」

「ありがとうございます。今度、テレビ番組でも取り上げられるんです。また問い合わせがあるかもしれません」

それはいいねえと和やかな話をしたあとで、まわりに人がいないのを確かめながら店長が言った。

「うちの店の話、もしかして聞いた？」

控え目にうなずく。今日ここに来たからには、つまらないごまかしの言葉は無用だろう。店長にも気持ちは伝わったらしい。眉が八の字になり、それさえおどけた冗談に見せて、「これぱっかりはねえ」と笑う。さばさばとした表情で、これから何度この人はこの顔でこの言葉をくり返すのだろう。

「この前、ゼンパンの大越さんがいましたね。ちらりと見かけました。前はあの人がここの担当を？」

「うん。彼ね。今どき珍しいタイプの男だよ。敵をいっぱい作るだろうが、味方は……さあ、どうかな」

店長は乱れていた文庫の平積みを直し、傾いていた棚の本の間に平積みの中から何冊か選んで差しこんだ。

「熱心なやつで、担当者だった頃はいろんなデータを持って現れた。在庫の持ち方や棚構成、イベント台のラインナップにも口を挟んで、数字でこっちを説得しようとするんだ。正直、いい気はしなかったな。取次ったって、昨日や今日入ってきたばかりの新人じゃないか。ほっといてくれとずっと思っていた。だからあいつの持ってきた改善案は受け取ってやるのがせいぜい。机の中にしまってそれきりだった。井辻くん」

「はい」

「今、いい気はしなかったって言ったけどさ。あいつが取次だからっていうのがあるんだよね」

「ああ、それは……」

なんて返事をすればいいんだろう。言葉に詰まる。

「取次の人間はうちの経営状態をよく知っている。毎月の売り上げから、赤字の額までぜんぶ。そういう立場の人間が現れて、ものをしゃべったり現場の様子を観察したりする。おれとしてはどうしようもなくうっとうしかった。相手が何者であれ、上から目線を感じるんだよ。顔も見たくない、話も聞きたくない。露骨にいやな顔をして、大人げなく嫌味も言った。ところがあいつはよく粘る。ちっともめげない。それはそれで意外だった。おれの知ってる取次に、あんな人間はいなかった」

店長は体をねじり、自分の店をひどく穏やかな目で眺めてから、ふっと笑った。

「大越さんはもしかして、書店で働いていた経験があるんでしょうか。ちょっとそう思うことがあって」

「ああ。何か聞いた？　あまり自分からは話さないよね。おれが知ったのは、それこそ彼の九州行きが決まってからだ。モリト書店という、うちくらいの規模の書店で、駅の近くのファッションビルの中に入っていた。風の噂くらいだけどおれの耳にも届くような、名の通った店だったんだよ」

熱心で努力家で、本を愛する根っからの書店人が主として店を切り盛りしていたらしい。うるさ型の評論家にも一目置かれるような充実の品揃えを誇り、その一方、流行に敏感で情報発信基地の色合いも強く、若者からの支持も取り付けていた。『蒼の月』のように、琴線に触れた本に大々的なスポットライトを当て、全国的なヒットへと押し上げた例は複数ある。

けれど駅を挟んで北側に大型チェーン店が進出し、たちまち売り上げに影響が出た。すぐ近くにこれまた大型チェーン店である新古書店が開店したのも痛かった。

「まさに、前門の虎、後門の狼というやつだ。経営的に苦しかったのはよくわかる、それにも増してどうしようもなかったのは新刊の多さだと、大越くんは言っていたよ」

「新刊——ですか」

目の前の西雲堂の店長はうなずく。

「ここからはおれの当て推量だけど、真面目で一生懸命で努力家だったなら、入荷してくる新刊をきちんと検品し店頭に並べようとしたんじゃないかな。いつどんな本が入り、どんな人が反応を見せ、どれくらい売れているか、しっかり把握しようと頑張っただろう。ふつうに聞けばそれは小売店として、そこの店長として、当たり前のことだろう。でも現場にいる人間としては、それがどれだけしんどいことかよくわかる。大越くんもそうだったんだろう。怪我で運動から遠ざかり、本屋でバイトをするようになり、とても楽しかったようだよ。仕事仲間は面白いやつばかりで、店長も信頼できる人だった。翳《かげ》りが出始める前まで、明るく前向きなほんとうにいい職場だったらしい。売り上げが減り、スタッフを減らさなくてはならなくなり、ひとりひとりの業務は増える。でも新刊の数は減ることなく、むしろどんどん増えていく。時代がそうだったからね。業界全体で本が売れなくなり、それを点数でカバーしようと新刊ラッシュが起きる。膨大な倍々ゲームだ」

智紀は鞄を持つ手に力を入れた。指先から力が抜けていて、もう少しで落としてしまいそうだった。新刊ラッシュは今も続き、事態はもっとひどくなっている。

「あの店は本の洪水にのまれ、溺れ死んだのだと彼は言っていたよ」

経営が悪化しようと人手が減ろうと、新刊は書籍も雑誌も連日、送りつけられてくる。規模によって取次が数を決め、否応なしに届けられるのだ。その荷をほどき伝票と照らし合わせてチェックし、すでに本がぎゅうぎゅうに詰まった棚に押しこんでいく。入れ替わりに、ほんの数日前に入ったばかりの本を抜き取り、返本してしまう。そうしなければ棚に収まらないのだ。どんどん入荷し、どんどん返本する。これをひたすら続ける毎日。どんな本だろう、どんな人が買うのだろう、そこに心を傾ける時間はもうない。睡眠時間を削り、休日を返上しても追いつかない。毎月の赤字も止まらない。

西雲堂の店長もずっとそういう仕事に携わってきた。前にこうつぶやいたことがある。いっそ、本が好きでなければいいのにな、と。

「大越くんは、彼なりに思うところがあり、この業界に入ることにしたみたいだよ。話をしたのが飲み屋のカウンターだったから、ふざけて敵討《かたきう》ちかと訊いたんだ。そしたら笑っていたけれどね。ちがうだろうな」

「そうですか？」

「うん。ひとつのきっかけ、出発点でいいじゃないか。たぶん先は長くて、敵は大きいよ」

わかった顔をして智紀はなんとかうなずいた。けれど吸いこんだ息が胸の底に横たわって固まる。店長の言う「敵」とは、自分にとってもきっと敵。

「ああ、ごめん。仕事中だったね。すっかり長話《ながばなし》しちゃった」

「いえ、そんな、店長こそ……」

話が途切れる合間を待っていたのか、パートさんらしき人が遠慮がちに「店長」と声をかけてきた。尋ねたいことがあるらしい。

今行くねとそちらに返事をしながら、店長は智紀に言った。

「君たち出版社は、いい本を出してくれよな。今、出さなきゃいけない本。どうしても出したい本。未来につながる本。頼んだよ」

ちょっと照れたように笑って、くるりと背を向けフロアを横切っていく。

智紀は頭を下げ、自分もフロアを辞すべく歩き出した。棚のチェックなどは先日したばかりだ。いつまでもうろうろしていては邪魔になってしまう。文庫の通路からイベント台を抜けてビルの通路に出る手前、音の出る絵本で遊んでいる子どもの後ろ姿に、ついこの前のフードコートのシーンが重なった。

あのとき、子どもの手からトーマスの絵本がすっぽ抜け、大越の足下に落ちた。彼はそれを拾い上げ、笑いながら店長に見せた。西雲堂で買った本だと思ったのだろう。同じ建物の中といっても、そこにある書店で買ったとは限らない。あれは特別な本ではなく、他の店でも売られている。

でも確信があったからこそ、大越はわざわざ差し出したのだ。智紀に考えつくのはひとつ。あのトーマス絵本には西雲堂のテープが貼られていた。レジ精算のさい、むき出しのまま持って帰りたいと言われると、たいていちょこんと印《しるし》をかねてテープを貼る。子どもによってはそのやりとりを喜び、いつまでもはがさない。西雲堂はチェーン店なのでオリジナルのテープを用意している。

こんなふうにいつまでも大事に持ち歩く子どもがいると、大越は店長に伝えたかったのだろう。店長だって嬉しかったにちがいない。ニーズに合わせて児童書コーナーを広げたのはまちがいじゃなかった。少しでも売り上げが伸びるよう、できる限りのことをしてきた。楽しんで立ち寄り、選び、購入していったお客さんがたくさんいた。

なのに、すべてが過去形で語られていく。あのとき、西雲堂北横浜店の撤退は、すでに決定していたのだ。

都会の大型書店のフロアで、智紀は大越の姿を見かけた。地図ガイドのコーナーに立ち、出たばかりのトラベルガイドのシリーズをみつめていた。人目を引く大きな看板やポップ、紙製の旅行鞄や電車をあしらったディスプレイ。表紙は女性を意識したのか、おしゃれな雑貨が散らばり、子どもっぽくならないよう、細心の注意を払いながらも明るくかわいい帯が巻いてある。

大越はそれらの新シリーズに視線を注いだのち、書棚に並ぶ定番のトラベルガイドへと向き直った。やけに遠い目をしていた。憎らしいほどに堂々としていた強い存在感は影を潜め、疲れているようにも見える。覇気がない。物思いに浸るようにぼんやり立ち尽くし、いよいよ視線を落とし、ため息までついた。

病気だろうか。仕事で失敗でもしたのか。別人だろうか。智紀がそう思ったところで彼は顔を上げ、深呼吸でもするかのように胸を膨らませる。表情が変わり、目にも力が戻る。ふてぶてしいオーラを発しながらあたりを睥睨《へいげい》し、離れたところにぽつんと立つ智紀に気づいた。

一瞬、こいつは誰だという顔をしてから、唇のはしをつり上げた。「ふん」という鼻で笑う声が聞こえたような気がした。

智紀は両手で鞄の取っ手を持ち、直立不動の姿勢でかすかに会釈した。非常階段のすぐ近く。

幸い――かどうかはわからないが、来店客の邪魔にならないような広めの通路に立っていた。大越は歩み寄ってきた。気のせいではなく、人を小馬鹿にするような感じ悪い笑みを浮かべていた。そしてすぐ目の前まで来たところで、まるでお約束のように言った。

「明林の営業だったよな。売れない本、ちまちま作ってんじゃねーよ」

さあどうする、と言いたげなふたつの目。智紀の脳裏を段ボールの荷をほどく書店員の後ろ姿がよぎった。ブックトラックにうずたかく積まれた本。ストッカーの引き出しもぎっしり。手をつけられないままバックヤードに運び込まれた段ボール。あれはそっくり返本だろうか。いい本を出してくれと西雲堂の店長には言われた。

そして今、自分の鞄の中には新刊のチラシが入っている。重版が見込めそうなのはほんの二、三冊。あとは厳しい。けれど簡単に出版が決まったわけではない。編集と営業で何度も協議を重ねた。これはなんとしても、出さなくては。

「はい」

短く、ひと言だけ答えた。「作ってんじゃねーよ」に対して、自分の答えは「はい」。それでいいと思った。

まっすぐ大越の目を見返すと、ほんの少しだけ相手の顔を驚きがかすめ、あとは「へえ」と笑う。珍しいものを見るようにわざとらしく眉を持ち上げた。

「名前、まだ聞いてなかったっけ」

「井辻です。明林の営業の井辻」

「ふーん。覚えといてやるよ」

そ、そうですか。ありがとうございます、なんて言わない。この人にはぜったい負けたくないと、自分はそっちの気持ちを覚えておこう。

それきり踵《きびす》を返そうとした大越が、ふと足を止め再び智紀に視線を向けた。

「吉野は今、編集部なんだって？」

「はあ」

「あいつはどんな本を作るんだろう。がっかりさせるなと伝えといてくれよ」

最後に見せたのは、トーマスの絵本を拾い上げたときと同じような笑みだった。


「でもぼくにはまだ、わからないことがあるんですよね」

書店員さん相手に営業トークをつつがなく終え、次の企画ものについてよい感触をもらい、今日も幸先がいいなと思っているところで真柴と出くわした。大型書店だったのでジャンルによってフロアがちがう。智紀は文庫売り場から単行本売り場に移動して、それぞれの担当さんに会ってきたけれど、真柴はその逆で一階に下りてきたところだった。

大越についての相談にのってもらったので、この前のやりとりを含めて話し、疑問も付け加えた。

「吉野さんはどうして大越さんが書店で働いていたのを知ってたんでしょう。それも、モリト書店であることに気づいたんですよね。なんでかな。西雲堂の店長は知っていました。けど吉野さんが店長から聞いたとは思えない。ぼくに『みつけてごらん』と言ったんです。自分もみつけたんじゃないかな」

「あいつが明林に入ったときには、モリト書店はもうなくなっていただろ。有名な書店だったのかもしれないが、話題になるとしてもそれは店長ぐらいだろうな」

大越がふつうのバイトだったなら、あとあとまで語られることはない。

「どこかで知っている人に会ったとか」

「昔のバイト仲間？」

これまた雲を摑むような話だ。店を替えて書店員をやっている人たちはいるかもしれないが、モリト書店で働いていたかどうかはわかりづらい。

「書店員とは限らないですよね。なくなった店が入っていたビルの、他の店の人なら、大越さんを覚えているかも」

「それ、矛盾してるよ。吉野だって初めは何も知らなかった。わざわざモリト書店を調べたりしないよ。あの駅には、北口に大型店があるだけだ」

「ああ。ですね。南口には行かないか。退店してしまったビルにも用事はないだろうし」

おもむろに首をひねった真柴が、「そうだ」と顔を上げる。

「昼飯だ」

「はあ？」

時計を見るとたしかに十二時半。お昼時ではあるけれど。

「なんでそう、食べることばっかりなんですか」

「ちがうよ。もうずっと前だ。北口の書店に吉野と一緒にいたら、あいつ、昼飯のことを言っていたんだ。先輩が、おすすめのとんかつ屋を教えてくれたけれど、南口の商店街だって。旨いだけでなく、来たお客さんが読みかけの本を持っているとオマケしてくれるらしい。そういうところなら行ってみたいと話したんだが、南口にはなかなか足が向かなくて」

吉野は行ったのかもしれない。南口にある商店街の中の、とんかつ屋。

予定を多少変えてもなんとかなるのが外回り営業のいいところだ。都内の駅ならばロスタイムは少ない。真柴もくっついてきて、めざす駅で降りると南口に下りた。

バスターミナルの手前に立ち、案内板を指でたどりながら、乱立するビルの間に商店街らしきものをみつけた。他にも通りは何本か延びているがアーチ形の看板を掲げている通りは一本きりだ。そこに入り、左右に目を配りながら、さらに細い路地に気をつけながら、ゼラニウムの鉢に囲まれた一軒の洋食屋をみつけた。

ここだろうか。念のため商店街の最後まで歩いた。メニューの中にとんかつを入れている店はいくつかあったけれど、喫茶店だったりそば屋だったりチェーン店の定食屋だったり。それをとんかつ屋とは言わないだろう。

最初に気になった店からは外にいても、香ばしい揚げ油の匂いがしてきて、食欲を刺激される。中から出てくる人がいて、そのタイミングで思い切って店に入った。いらっしゃいと、小気味いい声に迎えられる。二十席ほどのこぢんまりとした店だ。木製のカウンターやテーブル席は年季を感じさせ、きれいに磨き上げられている。

当初の目的を忘れ、空いている席にさっさと座りたくなった。先客たちは白いご飯、千切りのキャベツ、分厚いとんかつを美味《おい》しそうに頰張っていた。

そちらにばかり気を取られていると、真柴に腕を引っぱられた。レジの後ろの壁に写真が何枚か飾られていた。その中の一枚、全員が一冊ずつ、本を手にしている集合写真があった。場所はこの店の中らしい。エプロン姿の、この店の奥さんらしき人が「どうかしたの?」という顔でやってきた。

「おふたりでしょ。あそこにどうぞ」

「はい。その前にちょっと、この写真……」

真柴が「ひつじくん」と言って、はじっこのひとりを指さした。肩幅のしっかりした体格のいい男だ。のぞきこんで顔を見て、すぐに誰なのかわかった。今より若くはあるけれど、ちっとも変わっていない。文庫を一冊、誇らしげに持っていた。

「ああそれね、この近くにあった本屋さんの忘年会なの。店員さんがよく来てくれて、みんな、とんかつ大好きな元気のいい子たちだったわ」

真ん中に眼鏡をかけた小柄な男の人が座っていた。おそらく店長なのだろう。その人を囲む和やかな笑顔。ピースサイン。今にもにぎやかな声が聞こえてきそうな活気のある雰囲気。

「いい写真ですね」

「でしょ。ここに写っている子たち、今ごろどうしているかしら。お店はもう、なくなってしまったの」

「けっこう元気にやってますよ」

真柴がそう言い、智紀は写真の人々をみつめながら、ゆっくりうなずいた。

新刊ナイト

気重な訪問もあれば、自然と足取りが軽くなる訪問もある。

前者はたいてい、けんもほろろな素っ気ない対応が毎度のことで、行く前から「きっとまただめ」というネガティブな思いこみが働き、いざ書店に足を運んでみても、好転することはめったにない。

後者は気心の知れた仲のいい書店員さんがいる店で、明るく楽しく話が弾むことが日常化している——なんてことはまったくなく、仕事外に「一杯」やるような仲であったとしても仕事はきっちり線引きされる。当たり前だ。売れている本、売れそうな本に対しては歯切れのいい反応、そうでないものには渋め。

智紀《ともき》の勤める明林書房《めいりんしょぼう》は評判のいい本も出しているが、渋いのもいろいろあるので、どんな書店相手にも慎重かつ低姿勢にならざるを得ない。

鼻歌交じりの訪問などそうそうあるものではないけれど、今日ばかりはフロアを横切る足取りが弾んでしまう。明るい笑みもこぼれる。自分の担当する「ナガマツ書店西渋谷店《にししぶや》」、そこの文芸書コーナーで、平台《ひらだい》の整理をしている書店員さんをみつけるなり、ためらいなく歩み寄った。

気配に気づいたのか、すばやく振り返る。智紀と同世代の若い書店員さんだ。二ヶ月前に文芸書に配属になったばかり。

「ああ、井辻《いつじ》さん」

にこやかな微笑みのまぶしいこと。他社の営業マンに真柴《ましば》というのがいて、かわいい書店員さんがいるとひたすらしまりのない顔になるのだが、常日頃それを苦々しく思っている智紀でも、目の前の初々《ういうい》しい笑顔には頬の筋肉がゆるんでしまう。

「この前お話しした作家さんの訪問の件、よろしくお願いします。来週の木曜日、四時くらいにお邪魔すると思います」

「白瀬《しらせ》先生ですよね。よかった。ほんとうにいらっしゃるんですね。夕方の四時、大歓迎でお待ちしてます」

「時間は多少、前後するかもしれません」

「了解です。サイン本、お願いしてもいいんですよね。何冊くらい？」

「そうですね。在庫の関係もあるでしょうが、二十冊は大丈夫だと思いますよ」

初々しい書店員・山下《やました》さんは「よしっ」と、かわいらしく握り拳《こぶし》を作ってみせた。とっても微笑ましい。「大丈夫」の意味をどうとらえているのだろうか。いささか気になったけれど些末な問題だ。当日が今から楽しみになった。

来週に発売される新刊本について、各種プロモーション活動が計画されていた。山下さんが大歓迎してくれるのは作家直々に足を運ぶ「書店まわり」。自著を置いてくれる書店さんに顔を出し、ご挨拶し、ご要望とあれば本にサインを入れる。定番の販促活動だ。

何事にも兼ね合いというのはあるもので、本を出した人すべてが行うわけでもない。一冊でも多く売れてほしい、そのためのご挨拶ならいくらでも、と思う作家がいたとしても、次から次に書き手が現れてお願いしていたのでは書店員の身がもたない。日常業務に支障を来す。サイン本にしても、すべてが喜ばれるとは限らないのだ。

サインが入った本は通常、買い切り扱いとなり返本がきかなくなるので、必ず売り切るという自信がなければこわくて置けない。のちのちお荷物になりかねない。その一方、喜ぶ読者もいるので、手堅い人気作家のものだけがほしくなる。

そのあたりの本音をくみ取りつつ、まずは編集者が作家本人にサイン本作りに応じるか否かを尋ねる。承諾を取り付けた上で、今度は出版社営業が書店に声をかける。もうすぐ出る「誰それさん」の新刊で、サイン本のリクエストがあるかないか。良好な関係を維持するためにも、一方的な押しつけはできない。書店の挨拶まわりについても同じ。作家と書店の双方に持ちかけ、両者がかみ合って初めて実現する。

出版社によってはこういった販促活動に力を入れていないところもあるが、明林書房は規模の大小にこだわらず、書店からの要請があれば応じるのが基本スタンスだ。今回は特に、新人作家の中では確実に頭ひとつ飛び出している白瀬みずきの新刊、どこに行っても期待の声を聞く。発売早々の重版も夢じゃないだろう。力が入るというものだ。

注目の本があるおかげで、他の出版物についても話が弾んだ。ヒット作の重要性を噛みしめながら文庫コーナーに向かおうとしていると、通路に立って智紀に会釈する人がいた。スラックスにワイシャツ、ネクタイ。それにエプロンをつけた、この店の男性店員だ。顔に覚えがない。誰だろう。

にこやかな笑みを浮かべているので、智紀もむろん営業スマイルで応じた。

「明林書房の方ですよね。お仕事中、すみません。一階のコミック担当で、青池《あおいけ》と申します」

名刺を出され、智紀も自分のを差し出した。

「今度、白瀬先生がうちの店にいらっしゃると聞きまして」

「ああ、はい」

「大ファンなんです。楽しみにしています」

そういうことか。挨拶された理由がわかり、ほっとすると同時にほんのり幸福感に包まれた。出した本を受け取っている人がいるというだけで、安心感も充足感も得られる。この仕事をしていてよかったと、大げさなことまで思ってしまう。

「白瀬先生がいらっしゃるのは来週ですか」

「はい。こちらには、木曜日の夕方頃になると思います」

「個人的にサイン本をお願いしてもいいでしょうか」

長身の腰を折り、恐縮するように肩をすぼめて智紀をうかがう。丁寧な物腰に好感を持った。年頃は三十前後。なので智紀より三つ、四つ、年上だろうか。細面で清潔感のある真面目そうな人だ。コミック担当らしいが、ビジネス書や歴史書、美術書あたりが似合いそうな気がする。

「大丈夫だと思いますよ」

わざわざ尋ねるということは「為書き《ためがき》」を望んでいるのだろうか。「為書き」とは「誰それさんへ」という添え書きのことで、作家本人の名前の他に、プラスアルファーの手間がかかる。いきなりたくさん、ということならば負担も多くなるだろうが、一件、二件ならばふつうは快く引き受けてもらえる。

「すみません。もちろんご迷惑をかけないように気をつけますが。当日は時間をやりくりして、文芸書売り場をうろついているかもしれません」

コミック担当の青池という人はさらに話を続けた。

「実は、彼女は高校時代の同級生なんです」

さっぱりとした顔立ちに、晴れやかな笑みが広がった。

「そ、そうなんですか」

「はい。驚きました。白瀬みずきはペンネームですよね。何も知らず、たしか二作目の本を読み、そのときからいいなと思っていたんです。最近になってインタビュー記事で顔写真を見てびっくり。まちがいありません。すごく懐かしかったです。高校時代といえば、もう十年以上も昔のことです。そのときの同級生が作家になったなんて。いつかどこかで、『おめでとう』『やったね』と、気持ちを伝えられたらなあと思っていました。そしたら自分の働いている店に来てくれることになって。休憩時間に話を聞いて、興奮してしまいました。書店員になってよかったです。ほんと。残念ながら文芸書担当ではないけれど、山下さんも白瀬さんのファンですから、売り場でも守《も》り立ててくれるはずです。陰ながら応援します」

ありがとうございますと、智紀は深く頭を下げた。いい話だ。ありがたい話だ。単行本がなかなか売れない時代、現場を預かる書店員さんたちの応援は喉《のど》から手が出るほどほしい。何よりも確かな、ヒットへの起爆剤になりうる。

今後がますます楽しみ。

と、素直に喜べばいいものを、このとき智紀は大きなとまどいの中にいた。もう少しで動揺になりそうだ。笑顔が強ばり、元気いっぱいに出かけた山登りの途中で、遠くの空にごろごろと不吉な音を聞く気分。今日の天気予報は晴れだったよな、一日安定していると言ってただろ、そう誰かに詰め寄りたくなる。

違和感の正体ははっきりしている。白瀬みずきの最新作は、ゲラの段階ですでに読んでいた。ゲラというのは実際に印刷される形に原稿をレイアウトしたもので、そこに誤字脱字などの校正や校閲、作者本人の手直しが入る。本格的な印刷の前に、最終的なチェックを行うための仮印刷だ。

かなりの問題作であり、自伝的要素が強いとの事前情報を得ていた。舞台は高校、内容はダークでダーティで、十数年たとうが、今別の暮らしをしていようが、モデルとなった人々に「懐かしい」という感情が生まれてくるなど、とても思えない。

ほんとうに作者の実体験を色濃く反映しているのならば。

それとも「自伝的」というのは聞き間違いで、まったくのフィクション、架空の話なのだろうか。

「その書店員さん、なんとかならない？」

不安を抱えて帰社し、智紀はナガマツ書店でのやりとりを秋沢《あきさわ》に相談した。さばけた性格で頭が切れる、直属の上司だ。日頃から何かと頼りにしている。

豪快に笑い飛ばされそうな気もしたが、神妙な面持ちで唸《うな》り始めたので一緒になって眉を寄せた。

「ここだけの話よ。面白おかしく広めたりしたら絶対だめよ。聞いたところによると、白瀬みずき先生はとてもナイーブで感受性の豊かな方らしいの。この意味、わかるわね」

最後の「ね」に力が入った。いわんとすることも、たくさんこもっている。それはつまり、いろいろ気持ちの浮き沈みの激しい人、という意味ではないか。おそらく。

瞬《まばた》きしながら小刻みにうなずくと、秋沢は「ほんとうにわかってる？」と言いたげな剣呑な眼差しをよこした。

智紀もだが、秋沢も白瀬みずきとの面識がまだない。仕事の分担として作家との付き合いがあるのは編集部で、営業の人間はめったに顔を合わせる機会がない。サイン会や書店まわりといった折に初めて挨拶したり、自社のパーティでちらりと見かけたりする程度だ。

「白瀬先生、サイン会はＮＧなのよね」

まわりに誰もいないのに、秋沢は声を潜める。

「その理由っていうのが、かつての知り合いに会いたくないから」

「え？」

聞きとがめ、智紀も低い声で尋ねる。

「もしかして、知り合いには、同級生も入ってたりしますか？」

「それよそれ。井辻くんの話を聞いて、唸りたくもなったわけ。うちから出る新刊、読んだ？　あくまでも小説だけど、描写に並々ならぬ力が入っていたでしょ。すごくリアルで鬼気迫っていた。私は平凡で能天気に過ごしたけれど、あんな高校生活を送ったら、そりゃもう一生のトラウマにもなるってものよ。しみじみこわかった。あれを書いた人が、昔の知り合いに会いたくないというなら、かなり本気だと思わない？」

サイン会は直接読者と会えるプラスな面もあるが、来る者拒まずのイベントだ。誰がやってくるか、そのときにならないとわからない。ただでさえ緊張を強いられるのに、会いたくない人に会うかもしれないというのは大きなプレッシャーになるのかもしれない。

「今回うちでもサイン会の話が出たの。でもやっぱりいい返事はもらえなかった。そのかわりといってはなんだけど、書店への挨拶まわりとサイン本作りならば、って了解してもらったの。白瀬さんご自身は書店に行くことも、読者さんに接することも、けっしていやではないらしいのよ。少しずつ機会を増やして、慣れていきたいとも思っているみたい」

「インタビュー記事に写真が載ったのも最近でしたよね」

「そう。デビューしてもう三年。肝も据わってきたんじゃないかしら。うちにあの話を書いてくれたのも、作家としてやっていく覚悟の表れだと思うわ」

作品を発表することにより何かしらの波風も考えられるが、出来映えからすると作家として大きな一歩を踏み出したことになる。今後しばらくの代表作になるだろう。秋沢の評価に、まだまだ駆け出しの営業マンである智紀も大きくうなずく。

白瀬みずきは、さる大手出版社の主催する新人賞に応募し、みごと大賞に輝き世に出た。通常新人にはデビューさせてくれた出版社から三冊出す、という暗黙のルールが課せられる。それが高いハードルとなり、なかなか他社と仕事ができない人もいるけれど、彼女は順当に上梓《じょうし》を重ね、一冊ごとの評価も高かった。

そしてこのたび、晴れて別の会社、明林書房から単行本を出し、可能性をぐっと広げた。

「あれだけのものをしっかり書き上げたんだもの。今、ぶれてはだめよ。もったいない」

「ですよね」

「とにかく、今までもサイン本作りはあったらしいけど、毎回、会社内で作っていたみたいなの。だから書店まわりはうちが初めて。不安もあったでしょうが、書店員さんに会うだけならと承知してくれたんだと思うの」

「そこに、まさか、かつての同級生がいるなんて？」

「そうそう。申し訳ないもいいとこ」

でも、と智紀は慎重に首をひねった。

「ナガマツ書店の人はすごく常識的な雰囲気の人でしたよ。新刊のゲラを読んでいたから妙な気分になったけれど、あれがなかったら、そうですかとにっこり笑えるような、なんでもないやりとりだったんです」

「井辻くん、ちょっとでも頭を働かせたらわかりそうなものでしょ。ひどい目にあってる人とそうでない人は、すっごく温度差があるの。ナガマツ書店の人にとっては楽しい学校生活だったのかもしれない。どんなにおぞましい出来事でも、遠くのちょっとしたトラブルでしかない人もいるのよ。ちょっとしたことなら、卒業してきれいに忘れてしまうわ。だけど、リセットできない人もいるの。未だに大きな傷を抱えているわけよ。懐かしいなんて、冗談じゃない」

「秋沢さん、あれは小説ですよ。フィクション」

「自伝的要素が強いと、本人も言ってたもん。インタビューで」

年上らしからぬ口の尖《とが》らせようで、秋沢は肩まで怒らせる。

「どっちにしても、ナガマツ書店の人はきっと知らないんですよ」

「だからって、にこにこ現れたら、白瀬さんにはダメージ大きすぎると思うな」

「本を読んでもらいましょうか。ゲラでもいいですけど、そろそろ見本もできますよね。新刊の内容を知れば、遠慮してくれるんじゃないですか」

「待って。ほんとうに同級生なら反感を持つかもよ。なんだこりゃ、って。ひょっとしてその人自身が登場してたりして。誰だろう。加々美《かがみ》？　西村《にしむら》？　まさか宮崎《みやざき》？　だとしたら勝手にモデルにされて怒り出すかもよ」

どれも悪辣《あくらつ》非道《ひどう》な登場人物だ。わざとらしくため息をつきながら智紀もつい、その人たちの容姿や言動をナガマツ書店の人に重ねてしまう。あわてて思考を止めた。

「出たとこ勝負にしましょうか。吉野《よしの》さんにも話して、みんなして気をつけるようにします。幸い、ナガマツ書店に行くのは夕方。順番を最後にすれば、万が一、白瀬先生に若干の動揺があったとしても、なんとかなるでしょう？」

智紀の脳裏に頼りになる先輩、吉野の姿が浮かんだ。幸い、白瀬みずきの担当は彼だ。

「井辻くん、のんきすぎない？　最後の書店までクリアすれば自分の仕事は完了だと思ってるでしょ。大事なことを忘れてる」

「は？」

「白瀬みずき先生は書店まわりのあと、トークイベントに出られるのよ。それももちろん本邦初。仕切りは佐伯書店《さえきしょてん》。もしも、うちの書店まわりで先生の志気が下がり、超ナーバスな状態に陥って、イベントどころでなくなってしまったら、さぞかし恨まれるでしょうね」

そうだった。ゆるみかけていた姿勢のまま固まる。

自分の役目は無事、作家さんの書店まわりを乗り切ること。声をかけるべき書店を選び段取りをつけ、一日のスケジュールを組み、準備は怠《おこた》りなく進めてきた。今回は智紀の受け持ちエリアの書店が多かったため、中心となってプランを立ててきた。まわるのは全部で七軒。担当編集者である吉野に掛け合い、了解も取り付けている。

あとは当日、七軒目のゴール地点をめざすだけ。それ以外のことをすっかり失念していた。たしかに佐伯書店の仕切りでイベントが行われることになっている。新たな出版社との仕事を始めた白瀬みずきは明林書房から単行本を出す一方、佐伯書店の文芸誌で連載を始め、そのアピールを兼ねて人気イラストレーターとのトークセッションが企画されているのだ。会場となるのは某大型書店の中にある喫茶コーナー。ここではたびたび作家さんたちのイベントが開かれている。

「あそこの担当営業って……」

言いながら、いやな汗が髪の生え際ににじんだ。

「まずいじゃないですか。すごく」

「でしょ。井辻くん、心して対処しなきゃだめよ」

待て。上司がそれを言うのか。あわてて抗議しようとしたけれど、その前に背中をばしっと叩かれ言葉を喉に詰まらせた。

白瀬みずきの新刊は『らせんの苑《その》』というタイトルで、舞台はとある進学校。主人公は高校三年の女生徒だ。窓ガラスに不穏な落書きがあったり、体育準備室で多量の血痕がみつかったり、図書室で何かを必死に探す生徒がいたり、花壇に猫の死骸が埋められていたりと、あやしげな出来事がいくつも起き、やがて小火《ぼや》騒ぎ、教師の失踪、屋上からの転落事故へとつながっていく。

裏サイトの影がちらつき、生徒たちによる援助交際の組織が浮上し、主人公は次第に学校の暗部へと引きずり込まれていく。糸を引いているのは誰なのか。何が目的なのか。謎の言葉を残し、行方不明になった友だちの安否は？

筋立てそのものはありがちであるけれど、登場人物たちのブラックさが徹底していて、容赦ない。主人公ですらかなりの曲者だ。数少ないまともな人間は次々に気の毒な目にあう。

読んでいて楽しいものではけっしてないのに、ページをめくる手が止まらないのは、主人公の回想にときどき出てくる小学生時代のエピソードのためかもしれない。そこに現れる担任教師の言葉は、磨き込まれた銀細工のように深い光を放つ。悪意だらけの小説世界に異なる価値観が挿入され、作品の奥行きが増す。すがすがしい結末が待ち受けていないのはわかっていても、主人公の目に映るラストの光景をたしかめたくなる。

力作であり、挑戦作だ。作者は自らの作品で、進むべき道を逞《たくま》しく切り開いている。

これだけのものを書いたのだから、作者本人もさぞかし根性のあるしっかりした人だろうと思っていたけれど。どうも少々ちがっているらしく、智紀は自分の頭の中に「要注意」の赤ペンを入れた。

お会いして、一日をご一緒するときは、気遣いを忘れずに。担当編集者が同行するので三歩下がってお任せし、自分は書店員さんとのパイプ役に徹すればいい。

おおかたそれでよかったはずなのだけれど。

「来週の木曜日、くれぐれもそそうのないようにね」

佐伯書店の真柴に念を押され、うなずく笑顔がやや強《こわ》ばる。嘘のつけない性格だ。正しくは、嘘くらいついてやってもかまわないのだけれど、この場合は小さな嘘が大きな災いになりかねなくて、駆け引きの計算がままならない。

「どうしたの、ひつじくん」

「井辻ですよ」

真柴とは受け持ちエリアがかぶっているので今後もしょっちゅう顔を合わせる。白瀬みずきが甚《はなは》だしいダメージを受けて佐伯書店のイベントに支障が出ようものなら、きっと山のような恨み辛みをぶつけられるだろう。

「書店はいくつまわるの？　終わりの時間は五時頃と聞いたけど。じゅうぶん気をつけて。遅れるのは厳禁だよ」

「わかっていますよ」

「ん？　ひつじくん、なんかぴりぴりしてない？」

「そんなことないです。まったく問題ないです」

曇りそうになる表情をやわらげて、買ったばかりのホットコーヒーを口に含んだ。真柴と鉢合わせした千葉県内の書店から、帰る途中だった。上り電車の時間までしばらくある。駅構内のコーヒーショップに、どちらからともなく吸い寄せられた。

真柴は訝《いぶか》しげな顔つきになったものの、木曜日のイベントの話に戻るとすぐに目尻を下げて朗らかに語った。

トークイベントはすでに申し込みが定員に達し、さらに立ち見が出る勢いだそうだ。白瀬みずきは今まで露出が少なかった分、ここにきてのイベント開催は注目度も高く、会場となる書店は大喜び。そこを担当している真柴はお偉いさんから直々に声をかけられ、鼻高々。さらに白瀬みずきファンという女性店員さんと楽しく会話が弾んだようで、笑いが止まらない。

まったくもう、と思いながらも、その気持ちはわからなくはなかった。イベントそのものはほとんどの場合、大きな売り上げに直結しない。人件費を考慮すれば持ち出し部分の方が多くなるだろう。

採算度外視の読者サービスとして、トークショーやサイン会、握手会に限らず、料理セミナー、タロット占い、折り紙の作品展示会、原画展、絵本の読み聞かせ、さまざまな催し物が開かれる。サービスだからこそ、手応えが嬉しい。反響があってほっとする。お客さんが楽しみに足を運び、何かしらの満足を得て帰路についてくれれば、多くの「縁の下の力持ち」も報われるのだ。

「トークセッションの注目度が高いのはわかりますよ。白瀬さん、これまでそういうのをやってなかったんでしょう？　サイン会はNGって聞きました」

「そうそう。今回の明林からの新刊でもやらないもんね」

「人前に出るのは苦手なんじゃないですか。イベント、よく引き受けてくれましたね」

真柴がさりげなく視線を左右に振る。人目を憚《はばか》る、というやつなのだろう。

「最初は断られたらしい。でもうちの編集者がだめ元で絵描きさんとの対談を持ちかけたら、即ノーではなかったので、もうひと押し。なんでも、先生自身がその画家さんのファンで、二作目の装丁画をとってても気に入ってたらしい。このたびうちの雑誌で始まる連載は、もちろんその画家さんが扉絵を担当するんだ。今から楽しみだよ。のちのちきっと売れる本になる」

明るい未来像が真柴の脳内に広がっているらしく、二百円のコーヒーを美味《おい》しそうにする。他社のことでちょっぴり羨ましいけれど、売れる本の出現、売れる作家の成長は喜ばしいことだ。

「定員は四十人ですよね。サイン会より人数が少ないし、一対一でやりとりするわけでもない。だからやってみる気になったのかな」

「だろうな。お相手になる画家さんはなかなか楽しい人だそうで、無理やり作家さんがしゃべらなくてもちゃんとリードしてくれるらしいよ。っていうか、さっきからやけに気にしてない？　ひつじくんにまで心配されると、不安になってくるじゃないか」

「他に、誰が心配してるんですか」

「そりゃ、うちの担当編集者だよ。以前、サイン会の話が出たとき言ってたそうだ。学生時代に少しも仲がよくなかった人が突然現れて、さも親しげにふるまったりしたら、とても平静ではいられない。パニクってその場から逃げ出し、二度と帰ってこられないかもって。編集者はまじで緊張してる。トークの間は画家さんの話術に頼るとして、会場からの質問はおそらくNG。終了後、希望者にサインをすることになっているけれど、これはメインの終わったあとだし、イベントの告知情報にもサインに応じると大々的には書いてない。万が一のときにはさくっと切り上げられるよう、万策を練っているわけだ」

智紀は紙コップのコーヒーをカウンターに置き、片手で頭を抱え込んだ。ナガマツ書店の人が脳裏をよぎる。「少しも仲のよくなかった人」なのか、当たり障りのない範囲で挨拶くらいしていた人なのか、わからない。百歩譲って白瀬みずきが何も覚えていない同級生ならまだいい。それもじゅうぶん考えられる。

「おい、ひつじくん、やっぱり隠しごとがあるんだ。絶対そうだよな。話せよ。言わないなら、電車には乗せない」

がしっと腕を摑まれ、伏せていた顔を上げた。首を傾けて真柴の顔を見た。ラテン系の陽気なノリの男だが、さすがに今は眉をひそめ真剣な目で智紀を睨《ね》めつけていた。

話すことにためらいはあったが、関係ないでは片付けられない。今度の場合は一蓮托生《いちれんたくしょう》って気もするし。コーヒーショップを出てホームで上り電車を待ちながら、智紀は先だっての出来事をかいつまんで説明した。

真柴はカエルを踏みつけたような声をあげ、思い切りホームで体をよじった。見ようによってはゴルフの素振りの練習をやっているように見えたかもしれない。

「そんな恐ろしい爆弾を、まさかひつじくん、放置しとく気じゃないだろうね」

「恐ろしいと決まったわけではありません。爆弾なんて言わないでください。相手は書店のれっきとした店員さんなんですよ」

「でも文芸書の担当じゃないんだろ。コミックか」

「はい。青池さんっていうんです。真柴さんも知らないですよね」

「担当ではないが、あのフロアのアルバイト店員ならば知っている。松本《まつもと》えみりちゃんっていう女子大生で、前に神社でバイトをしていたんだって。巫女《みこ》さんだよ。そのときの写真を見せてもらったけれどチョーかわいかった。もちろん、今の書店のエプロンも似合ってるんだよね。そう言ったらすごく喜んでた」

もう少しで、丸めた拳を背中からお見舞いしそうになった。

「誰もそんなの訊いてませんっ」

「青池さんって人は、まったく記憶にないなあ」

「わかってますよ。わざわざ言わなくていいです。若い男性なので真柴さんの脳みそが拒絶反応を起こすんでしょう。それよりも、どうしたらいいと思います？　ぼくだって書店まわりをきちんと気持ちよく終了したいです。ハラハラの種なんかごめんです。でもすごくデリケートな問題で、部外者の我々に関わりようもないでしょう？」

ホームにアナウンスが流れ、やっと上り電車がやってきた。夕方前の中途半端な時間だったので車内はすいていた。並んでシートに腰掛ける。

「吉野はなんて？　白瀬さんの担当はあいつだろ？」

「話はしました。困った顔をしていました。でも吉野さん、明日から四日間、北海道に出張なんですよ。取材の同行と、向こうで開かれる講演会への出席と、札幌在住の作家さんとの会食」

「あてにできないってことか」

「反対に頼まれたんです。青池さんって人のこと、もう少し調べられないかって」

「とりあえずそれしかないだろうな。同級生すべてがだめっていうわけでもないだろ。その人がのんきなことを言ってるのは、それだけ遠い間柄だったんだよ。案外、白瀬さんの方は覚えてないかもよ。よくあることだ」

「ですよね」

「ただその、高校というキーワードそのものがNGだとすると、白瀬さんが覚えていなくたって彼の出現は好ましくない」

秋沢の言う温度差だ。彼にはちょっとした楽しい再会でも、彼女には暗黒の過去が噴き出しかねない。

「やっぱり遠慮してもらった方が無難ですよね。そう、言い出せればいいんだけれど。もう一度ナガマツ書店に寄って、さりげなく雰囲気を探ってみます」

電車は東京に近づき乗降客が増える。シートはすべて埋まり、車内は混み合ってくる。大半が買い物客と制服姿の学生たちだ。にぎやかな高校生たちの笑い声に、智紀も真柴もちらりと目を向けた。着崩したブレザーとスラックスの男の子、チェックのスカートの女の子。五、六人の集団だ。ひとりがとぼけたことを言ったらしく、みんなくったくなく大口を開けて笑っていた。

いつもだったら「うるさいな」としか思わないのに、今日はちょっと感傷的な気分になる。この電車のどこかに、こんなふうに一度も笑ったことのない子がいるだろうか。目の前の子たちだって、今見せている笑顔はほんの一面。それぞれ胸に抱えているものは計り知れない。

「青い池か」

ふと真柴がつぶやいた。

「何か？」

「白瀬さんの名前は本名でなく、ペンネームなんだろうね。白い瀬、みずきの『みず』、偶然とは思うけどさ、青と白、池と瀬、そして水。なんかこう、つながりがあるような、ないような」

おかしなことを言い出さないでほしい。

「やめてください」

「ただの戯《ざ》れ言だよ」

ざわざわと胸が騒ぎ、作中のエピソードをあれこれ思い起こす。白、青、瀬、池。何かあったっけ。思いつかず、恨みがましい視線をとなりに向けたけれど、真柴はすでに斜め前に座ったきれいな女性に心を奪われていた。


その二日後、智紀はナガマツ書店のコミックコーナーを訪れた。一階と、地下一階のツーフロアを売り場にしている書店で、一階が主に書籍、地下一階に雑誌が置かれている。コミックは地下一階だ。智紀は文芸書や文庫の営業に来ているので、地階のフロアを歩くことはめったにない。

久しぶりに雑誌のディスプレイを眺め、華やかな女性誌の競演やムックの品揃えをチェックし、店内の配置を目で楽しんだ。地下フロアといっても地下街に直結しているので、むしろ一階よりも客数は多い。

ひと通り眺めたところで、立ち読み客の間を縫い、智紀はコミックコーナーをめざした。作家による書店まわりの対象になる都会の大型店だけあって、コミック売り場の活気も半端ではない。高くたっぷり積まれた平台。にぎやかなポップ。目を引く大きなポスター。そして贅沢に掲げられた色紙の数々。「ナガマツ書店さまへ」と、それこそ為書きの入った、漫画家直筆のサイン入り色紙が何枚も飾られていた。

コミックを出している出版社にとっても、ここは販促に力を入れる重要店なのだろう。

会社ごとの主力の棚から、マニアックな棚に移動していると、腰をかがめて平台の入れ替えをしている人がいた。青池だ。白いワイシャツにエプロン姿で、この店の男性店員はほぼ全員このスタイルだ。

智紀は鞄の取っ手を持つ指に力を入れた。このシチュエーションで横から声をかけるのは、さすがにもうお手の物。日常的な所作ではあるのだけれど、今日はいつもとはちがう緊張を強《し》いられる。ためらってタイミングを逸し、後ろの棚に隠れた。

すでに真柴から若干の情報は入っていた。顔の広い彼のこと、コミックを担当している営業マンをみつけ、青池の人となりをさりげなく聞き出したそうだ。

それによると青池は正社員ではなく契約社員。ナガマツ書店西渋谷店にやってきたのは二年前。最初は実用書を担当し、昨年からコミックを任されるようになった。コミックについてはけっして知識豊富というのではなく、マニアックなジャンルはほとんど知らなかった。少女漫画も苦手。けれど勉強熱心で物覚えがよく勘もいいので、日を追うごとになじみ、今ではすっかり頼りにされているらしい。まわってくる営業との関係も良好。バイトやパートの意見にも耳を傾けるので、売り場全体の雰囲気もいい。

つまり、なかなかできた書店員なのだ。

「書店員歴そのものはどれくらいなんですか？」

西渋谷店に入ったのが二年前として、さらにその前の経歴を真柴に尋ねた。

「そこはちょっとわからないんだ。ナガマツ書店ではない、べつの本屋だったんじゃないかな」

「学校を出てからずっと書店員？」

智紀がつぶやくと、真柴が「その学校だよ」と声を落とした。

「青池さんは富山県の出身だそうだ。富山の県立高校を出て富山の大学に入り、そこを出て、おそらく就職で東京に出てきたんだろう。何かの折にそんな話が出たと、営業マンが言っていた。今でも実家は富山で、正月に帰る帰らないで雑談を交わしたそうだ」

「え？　でも……」

「おかしいだろ。白瀬みずき先生は埼玉の出身。小、中、高と、県内の学校だ。大学だけは東京。富山には縁もゆかりもない。担当編集者に確認したよ」

埼玉と、富山。それぞれ出身地の高校を出ている。けれど青池は「高校時代の同級生」と、はっきり言っていたのだ。だとすると考えられるのはシンプルにひとつ。

「三年間のうち、どこかでどちらかが、埼玉なり富山なりに住んでいたんでしょうね」

「青池さんがほんとうのことを言ってるならば、ね」

「どういうことですか。いちいちあやしそうに言わないでくださいよ」

「新刊のゲラを読ませてもらった。今回はトークセッションの絡みもあるから、編集者がおたくからゲラを融通してもらったんだよね。それを見せてもらったけれど、そうとうやばいじゃないか。気になって最初からよぉく考えてみた。白瀬さんは自分の経歴をほとんど明かしてない。賞を取ったときのプロフィールにも出身大学と学部しか記されていない。生年月日、出身地は伏せている。ペンネームは本名とまったくちがうらしい。つまり、彼女が高校のときのクラスメイトであると気づくのはかなりむずかしい。しいて言えば、たった一度だけ載ったインタビュー記事の中の、顔写真」

それですよと、智紀はついつい身を乗り出した。このときのやりとりは電話だったけれど。

「青池さんもその記事を見て気づいたと言ってました」

「そこがまた妙なんだよ。ひつじくん、あの写真見た？　落ち着いた知的な顔立ちで、目元の涼しげな女性だっただろ。でも高校時代の彼女は今よりずっと体重があり、アトピーもひどく、額に髪を長く垂らし、黒縁の眼鏡をかけていたらしい。うちの編集者は高校時代の写真を見せてもらったそうだけど、まったくの別人のようだったと言っていた。もちろん整形なんかしてないよ」

智紀は写真を思い出し、前髪や眼鏡という言葉に首をひねった。すらりとした品のある人で、セミロングの毛先だけがゆるやかに波打っていた。

そんなに変わってしまったなら、三年間ずっと同じクラスだったとしても、判別するのはむずかしい。そういうことなのだろう。同性ならピンとくるものがあるかもしれないが、青池は男だ。富山の高校を卒業したのなら、途中から離れればなれ。ますますわかりにくくなる。

「白瀬さん、高校を出てから同窓会などには出てないですよね」

「ああ、一度も。大学もその高校からはひとりだったそうだ。東京といっても郊外にある大学だから、家を出てひとり暮らしを始め、卒業後も実家に戻らず小さな会計事務所で働いていた。そして公募に挑戦したわけだ。出版されたのはデビュー作を含めて三冊。どれも出身地やおいたちをうかがわせるような内容じゃなかった」

「明林からの、今度の新刊が初めてですね」

「そういうこと。エッセイなども意識して話題を選んでいたみたいだよ。そのおかげか、問い合わせなどを含めて、身元がばれるようなことは一度もなかったそうだ」

写真が掲載され、新刊の内容もかなり実体験に沿ったもので、ベールは少しずつはがされていく。これからは今までのようにはいかないだろう。でも今の段階で気づかれるのは早すぎると、真柴は言いたいのだ。

「軽い知り合い程度では、写真一枚でわかりませんか」

「うん。他に彼女を知る、手がかりがあったんだろうか。写真以外のヒントだ。学校関係者ではなく、親戚や近所といったつながりも考えられる。でももしかし、富山というのも気になるんだよな。ひょっとして青池さんは、同級生本人ではないのかもしれない。誰かの代理」

「となると、ぼくに嘘をついたことになる」

「あるいはまったくの別人を、白瀬さんと勘違いしている」

「最初から、そもそも同じ学校ではない？」

可能性としてあるか。確かめるのはまずそこだ。


智紀はコミックコーナーの棚の前でもう一度、鞄の取っ手を握り直した。

出たとこ勝負。ぶつかってみよう。

さりげなく、さりげなくと、心の中で唱えながら歩み寄ると、青池は声をかける前に振り返り、すぐに「ああ」と表情を変えた。

「明林さん、ですよね」

「はい。ちょっとこちらのフロアに用事があったもので。ぶらぶらしてました。お仕事中ですよね、すみません」

青池はかがめていた腰を伸ばし、如才なく頬をほころばせた。

「この前はこちらの方こそ、いきなり声をかけてすみません」

「いえいえ。白瀬先生のファンがいらっしゃるのは心強いです。青池さん、先生と同級生ということは、出身もこちらなんですね？」

さりげなくやんわり尋ねると、青池は手にしていたコミックに視線を落とし、ずれていた三冊の角をやけに丁寧にそろえる。

「出身ですか。いえ、私は北陸なんですよ」

「北陸？」

正直に答えてくれた。富山県は北陸だ。

「家の都合で一年だけ、埼玉の高校に在籍しました。ミツ——いや、白瀬さんとはそのときに一緒だったんです」

合っている。少なくとも嘘は言ってないようだ。まったくの勘違いでもなさそう。「ミツ」というのは白瀬みずきの本名？

「どんな高校時代でしたか。作家さんになられるくらいだから、白瀬先生は当時も、国語が得意だったのでしょうか」

「どうかな。成績についてはよくわからないです」

「でも、インタビューの写真ですぐに気づいたんですよね。成績以外は先生のことを覚えてらっしゃいましたか」

智紀にたたみかけられ青池は持っていたコミックを目の前の棚に差しこんだ。自然な動作だった。平台の乱れを指先で直しながら、小さくうなずく。

「まあ。そうなりますね。わかりますよ。何年たとうがちゃんと。写真を見て、とても懐かしかった。嬉しかったです」

「高校時代とあまり変わっていませんか？」

「ええ。ぜんぜん。彼女はあのときのままです」

どういうことだろう。別人のようにちがうと、当時の写真を見せられた編集者が言っているのだ。おかしいじゃないか。かつては長い前髪に眼鏡、体格も異なる。外見はそうとう変わっているらしい。

「どうかしましたか」

「いえ」

言葉を濁《にご》して顔を上げると、強い眼差しにぶつかった。青池が智紀をまっすぐ見据えている。どこか圧倒された。そつなく愛想よく、仕事ならではのあっさりとした笑みを、たった今まで浮かべていたのに、内面に力を感じさせる静かな表情ですっと立っている。逃れるように視線を外し、なんで自分が後ろめたい気持ちにかられるのだろうと唇を噛んだ。

「うちから出る新刊、ゲラをこちらに渡してあるんですけれど、お読みになりましたか？」

態勢を立て直そうとして、勝手に言葉が出た。興味を持ってくれそうな書店員にゲラのコピーを渡し、新刊配本の前にポップを書いてもらったり、少しでもいい場所に置いてもらったりしようという作戦だ。かなり一般化し、今では人気書店員のもとにたくさんのゲラが殺到する。先手を打つはずが、競争はそこからすでに始まっている。注目を浴びるのも優遇してもらうのも、簡単な道ではない。

「すみません。このところちょっと忙しくて」

「高校が舞台の小説なんです」

「みたいですね。山下さんから聞きました」

文芸の担当者だ。

「山下さんはなんて?」

「さあ。詳しくは……」

くすりと笑われ、前のめりになっている自分に気づく。冷や汗が噴き出す。どこが「さりげなく」だ。あやしいもいいとこじゃないか。

「山下さんには白瀬先生と同じ高校とは話してないんですよ。言いそびれたまま。そしたら、高校生ライフがかなり克明に書かれているようですね。言わなくてよかった」

じっさいはどうだったのか、あなたと白瀬みずきの関係性はどういうものだったのか、できるものなら尋ねてみたかった。でも自分の勇み足に頭がぐるぐるしてしまい、どう話せばいいのかまごついてしまう。

「ちらりと聞いただけですけど、ひょっとして私も出ているのかも」

「えっ、そうなんですか!」

大声を出し、あわててギャグシトンのように口を押さえた。ひどい。最低の「さぐり」だ。

「冗談ですよ。あくまでも小説。全部フィクションでしょう?」

どうしよう。目の前の男は何者? 卑怯な手段で同級生を罠にはめる登場人物が浮かぶ。加々美だっけ。でも一番ひどいのは宮崎。担任教師もサイテーだ。

「えっとですね、その、白瀬先生は昔のことに区切りをつけたいみたいで。直接聞いたわけではなく、ただの想像なんですけれども。たぶん、そういうお気持ちがあると思うんで。なるべくその……」

波風立てないでほしい。愚かしい自分はさておいても、切実な願いはほんとうだ。

十数年も前の高校時代を、いつまでも引きずるなと言う人がいるかもしれない。誰にだって楽しくない過去のひとつやふたつはある、不幸ぶるなと思う人もいるだろう。まわりに気を遣わせるなどプロ作家として甘すぎる、わがまま言うなと叱咤《しった》したくなる人もいるだろうか。

けれどちゃんと過去を整理し、乗り越え、明るく前向きに生きている人ばかりが、優れた作品を紡ぎ出すとは限らない。そうでない人が描いた物語が心を揺さぶるのなら、読者も出版社も本屋もそちらに手をさしのべる。

白瀬みずきの過去に何があったかは智紀も知らない。でもいい本を書いてくれた。また書いてほしいと思う。肝心なのはそこだ。自分だけのかっこつけやヒーロー気取りではない。同じようなことを考えているであろう人の顔がいくつも浮かんだ。

言いたいことの半分も言えない智紀を見て、青池は憎らしいほど悠然と微笑んだ。背が高い分、まさに見下ろす目線だ。いきなり思い出した。自分が一番嫌いな登場人物は西村という変態だ。

「『人間失格』とか、『こころ』とか『蜘蛛の糸』、『山椒大夫』、あとはそうそう、『走れメロス』や『風立ちぬ』。どれも彼女を思い出します。会ってみたいと思う。会えるのが楽しみです」

そう言って、青池はざわつく店内を振り返った。レジ付近にお客さんが溜まっている。問い合わせが重なっているらしく、困り顔のスタッフが見えた。

「すみません。行った方がよさそうなので」

「ああ、はい。あの、今あげた書名は？」

「明林さんには感謝しています。いい機会をいただけて」

問いかけには答えず身を翻し、青池は人混みの中に分け入っていく。すぐに誰かにつかまり、渡された紙切れをのぞき込む。お客さんを促しながら、こちらを見ようともせず書棚の間に消えてしまう。

どう解釈すればいいのだろう。売り場に残され、智紀はしばらく立ち尽くした。途方に暮れるというやつだ。結局、彼は何者？　書名の羅列もわからない。『人間失格』、『こころ』？　あとはなんだっけ。『走れメロス』？

古典名作ばかり。これらの本を一緒に読んだということか。白瀬みずきと？　思い出の本？　いいようにあしらわれたのだと思い至ったのは地下道を歩いている途中だ。「惨敗」の二文字を苦く噛みしめた。

担当編集者である吉野は予定通り北海道出張を終えて戻ってきた。白瀬みずきとは電話で当日の最終確認を行ったそうだ。新刊の配本は書店まわりの二日前。一般読者の反応が出てくるのはそれからになる。

黙ってもいられず、智紀は青池とのやりとりを、吉野と真柴には報告した。

こちらの本音を伏せつつ相手の情報を引き出すなんて、そりゃむずかしいよと、吉野は言い、どうせなら一戦やらかしてくれればよかったのにと、真柴はまくしたてた。寝た子を起こさずなるべく穏便にと吉野。どうせ起きるトラブルならば、早く起こしてそっちがかぶれと真柴。なんてわかりやすい立場のちがいだろう。性格も良識の有無も異なる。

結局大した手も打てないまま、ふがいなさが身にしみつつ、当日の待ちあわせ場所で智紀は白瀬みずきと初めて顔を合わせた。

挨拶し、名刺を交換する。今年三十歳になるという、落ち着いた端整な面差しの人だった。黒いカットソーに大ぶりのネックレス。細身の茶のパンツ。それにニットのジャケットを合わせていた。エナメルのバッグと靴も小粋にまとまっている。派手すぎず地味すぎず、ＴＰＯを心得た身だしなみだ。

飾り気のない笑顔や腰の低さにも好感を覚え、この人があの内容を、と少しだけ思った。作家と作品のギャップはよくあることだ。気持ちをリセットし、スケジュール表をその場で開いた。白瀬みずきと、その担当編集者である吉野、もうひとりの営業マン、それに智紀を加え、時間を確認してから一軒目の書店に向かった。

文芸のフロアに入ってすぐ、新刊コーナーで『らせんの苑』を探した。平台の最前列に積んである。みんなでほっと笑みを交わした。この店の担当はもうひとりの営業マンなので、彼が書店員さんをつかまえ来意を告げた。間もなく文芸担当の書店員さんがやってきて、白瀬と吉野が名刺交換。そこからバックヤードに案内される。

サイン本の作製は通常、裏方にある事務所や応接室で行われる。衝立《ついたて》で仕切っただけの小部屋の場合もある。作家を中心に椅子に腰掛け、サインペンの準備をしていると、たいていお茶などが出される。本が到着し、作業の開始。編集者と営業がサポートしながら、次々にサインが書き込まれていく。

そのあとは書店員さんと、短いながらも歓談の時間となる。白瀬みずきは売れっ子になりつつある注目の作家であり、初めての訪問とあって書店員さんもことのほか嬉しそうだった。今までの本の反響やこれからの予定など、会話も弾む。

落ち着いて余裕を感じさせた白瀬だったが、ほんとうは緊張しているらしく、一軒目の店を出たところで大きく息をついた。

「こういうの、苦手で。原稿を書いている方がずっとらく」

きっと本音なのだろう。冴えない顔になっていた。

「無理することはないですけど、書店員さんも読者さんも喜ぶと思いますよ」

本来ならば吉野が言うであろうセリフを智紀が口にした。吉野には急ぎの用件とのことで会社から電話が入っていたのだ。

「書店さんにご挨拶するのはともかく、私のサインなんか、喜ぶ人がいるのかしら」

「いますよ。求められるってすごいことです。そうなりたくてもなれない人が大勢いますから」

「そうなの？」

訊き返してくる瞳の奥に探求心がのぞいて、やはり書く人なのだなと思う。真面目に語ると微妙な話題なので、申し訳ないけど話をそらしてしまう。

「白瀬先生のサイン本はリクエストがほんとうに多いんです。今日はお付き合いいただいてありがとうございます」

「いえ、そんな。あの本がどう読まれるのか、不安だらけなんですよ。吉野さんは大丈夫って言ってくれたんだけど」

「ぼくもそう思います」

気持ちをこめてうなずくと、白瀬の表情もやわらかくなった。

「何を言われても平気っていう、逞しさが必要よね。プロでやっていきたいなら。いっぺんには無理でも、少しずつ鍛えて強くなるつもり」

よくわかっているのだ。視線を前に向けた彼女の横顔に、『らせんの苑』のラストシーンがダブった。どろどろの事件を突き抜けて新たなる朝日の中、自転車のペダルを踏み出す主人公は、今目の前にいる人につながっているような気がする。

あの小説を読み、この人の書くものをもっと読みたいと思った人は、いっぺんに強くなる主人公を望んでいない。

「小さな決心をぎゅっと握りしめて——って、あの話のまんまね」

「ああ、覚えてます」

「はずかしい。今の、聞かなかったことにしてください。でもありがとうございます」

主人公の小学生時代の恩師の言葉だ。譲りたくないもの、守りたいものがあるって、すごいことだよ。たとえ小さくても、心に決めたものをぎゅっと握りしめ、君には君の道を進んでほしい、というセリフがあった。

人生を変えるほどの事件とは、きっと高校時代の陰湿な出来事ではなく、その前の、先生との出会いになるのだろう。その出会いこそを固く握りしめ、彼女は自分を貫くのだ。

二軒目の書店を終えたところでもうひとりの営業マンとは別れた。そこから先は智紀の受け持ちエリアだ。昼食にと駅ビルのレストラン街に寄り、イタリアンの店に入った。三人してパスタセットを頼んだ。

あと五軒。問題のナガマツ書店は四時半からの最後にまわした。担当の山下さんは時間の変更になんの疑問も持たず了承してくれた。無事にすめばいいけれど。

依然として青池については謎のままだ。パスタが運ばれてくる前に携帯に電話が入り、智紀は中座して店から出た。真柴からだ。

「今、昼飯?」

「ペスカトーレを頼んだところです」

「いいな、贅沢じゃないか。経費で落ちるもんな。こっちは今さっき、ナガマツ書店に寄ってきたよ」

智紀たちが東京駅近辺の二軒をまわっている間のことらしい。

「その前に、別のところから入った青池さんの情報だ。彼が埼玉にいたのは高校一年のときらしいよ。でもって富山の実家は老舗《しにせ》の和菓子屋らしい。かなりのお坊っちゃんだそうだ。東京には武者修行で来てるみたいだよ」

「和菓子屋なのに書店勤め？」

「店屋ならどこでもいいということで、本人のやってみたかった書店業界に入ったらしい。そろそろ辞めて帰るっていう噂も聞いた。跡取り息子ではなさそうだけど、いずれ何かの事業を引き継ぐんだろうな」

そういう人だったのか。しかし、高校一年？　引っかかる。『らせんの苑』の主人公は高三。その秋から冬にかけての物語なのだ。

「それで肝心の新ネタ。山下さんによると、あの小説に出てくる男子生徒の中では、加々美と西村と宮崎について、青池さん相手にしゃべったそうだ」

「みんな悪役じゃないですか」

もともとあの話にはほとんど善人が出てこないのだけれど。

「青池さんは山下さんの話を聞いて、自分も出ているかもと言ってたんですよ。ということはその三人のうちのひとり？」

レストランフロアの最奥で携帯を握りしめ、智紀は傍《かたわ》らの壁にもたれかかった。

「創作だから、男女を逆にしてるのかもな。とはいえ山下さんのあげた女生徒も悪役ばかりだし」

どう転んでも懐かしい人物にはならないだろう。

「ひつじくん、防御策、何か考えてる？」

「すみません、まだ……。でもなんとかしますよ。白瀬さん、すごくいい方です。緊張もしています」

書店フロアに入るとき、不安げな面持ちであたりを見回していた。バックヤードに移ると安《あん》堵《ど》しているようにも見えた。気丈なことを言いつつも、警戒心をなくしていない。

「頼んだよ。ガードはしっかり。これから横浜の書店に行かなきゃいけないんだ。四時半にはナガマツ書店に戻ってこられないかもしれない」

「はい。いざとなったらちゃんと話して遠慮してもらいます。たとえ、どの悪役であったとしても」

「大丈夫かな。言うまでもないけど、悪役は賢いんだよ」

「真柴さん、『人間失格』とか『走れメロス』は?」

「その話はどこにも引っかからないなあ。そっちで探れよ」

あれはなんだろう。やけにずらずらとあげていたのだ。それらの本を見ると彼女を思い出す、とも言っていた。『らせんの苑』の中には古典名作は出てこない。主人公も他の登場人物も読んでいない。吉野にたしかめたが、白瀬みずきの他の本にも記載はないそうだ。

電話を切って、智紀はイタリアンの店に戻った。あつあつのペスカトーレが運ばれたばかりだった。吉野が「何?」という目配せをよこしたが彼女の前では話せない。

その吉野はボンゴレ、白瀬はペペロンチーノ。食卓にそろい、美味しく食事が始まった。話題は夜のトークセッション、会場となる書店のエピソード、対談相手の画家について、佐伯書店の編集のちょっとした失敗談へとつながっていく。

そして読書歴の話になったとき、智紀はすかさず『蜘蛛の糸』や『こころ』について尋ねてみた。彼女はふつうに首をかしげ、中学の頃に読んだと答えた。あらためて青池のあげた書名をなるべく忠実に、順番通りに口にしたが、それこそ懐かしそうな顔になるばかりだった。

おかしい。あのタイミングでわざわざ青池が言い出したということは、何か含みがあるはずだ。含みとはつまり、自分の正体？　白瀬みずきとの間柄？

そのヒントではないのか。

富山の老舗だかなんだか知らないが、わけのわからない書名を並べ立て、ときどき鋭い眼差しをのぞかせ、思わせぶりな笑みを浮かべていた。このまま黙って引っこむとは思えない。必ず文芸の売り場に現れる。

いっそ彼女にぶつけてみようか。青池という人を知っていますか。

でも言い出せず、食事を終えて午後の書店まわりがスタートした。三軒目、四軒目、五軒目。ところどころ電車に乗りながら移動する。六軒目の前で時間調整もかねてお茶にした。

話の流れが新刊の内容になり、思い切って智紀は口にした。

「あの話は、ある程度現実にあったことが書かれているんでしょうか」

野暮は承知の上だった。ふだんだったら横やりを入れそうな吉野も機転を利かし、「どうでしょうねえ」と他意がないように合わせてくれた。

「だいたいほんとう。ひとつだけ、ちがっていることがあるの。なんてね。嘘よ。みんな架空のお話。主人公だって私じゃないし」

「そうなんですか」

「実物よりかわいらしく書いてあるもの。落ち着いてさらりと煙《けむ》に巻く。吉野もにこやかにうなずいた。智紀としては、きっといい答えなのだ。

作家として、きっといい答えなのだ。智紀としては最初の言葉、「だいたいほんとう。ひとつだけちがっている」、というのが気になる、何がちがうのだろう。

転校生がひとりいたこと？　悪役三人のうちひとりは、もしかして校内ではなく遠くにいた？　ほんとうの黒幕は別の人間だった？

六軒目の書店では、先頃のインタビュー記事が厚紙で補強され、ディスプレイとして飾られていた。自分の顔写真を店頭の平台にみつけ、白瀬ははずかしそうに身をすくめた。予定のほとんどをクリアし、あと二軒ということで、いくらか余裕を持ったのか、顔色を変えるほどいやがりはしなかった。

智紀は書店の担当者を捜しに行く前に、その記事をのぞきこんだ。デビューのきっかけや受賞を知ったときの気持ち、編集者との初めてのやりとりなど、新人作家らしい受け答えが小気味よく続く。

小説と呼べるようなものを書き始めたのは社会人になってからだが、創作については漠然と中学の頃から夢見ていたそうだ。こういうのがいい、こういうのを書いてみたいと、中高生の頃にやたら熱く語っていたとか。聞き役に回ってくれた友だちはとても辛抱強かったとユーモラスに話し、いい雰囲気の記事にまとまっていた。

そのあとは、新刊の紹介とアピールが綴《つづ》られている。『らせんの苑』についてだが、あらすじというほどの内容ではない。具体的な地名や人物名は出てこないし、エピソードにも触れられていない。この記事で特定の高校を思い浮かべる人はまずいないだろう。

プロフィールもごくごく簡単なもの。顔写真に特徴的なほくろやアクセサリー類があるわけではない。

知らず知らず止めていた息をついて、智紀は気持ちを切り替えた。書店員を捜すと常連客の相手をしているそうだ。少し待ってくださいとのこと。時間には余裕があるので、白瀬と吉野にもそう伝え、三人して書店のフロアをそぞろ歩いた。

文庫の棚で『人間失格』をみつける。手に取ると吉野が気づき、「ああ」と笑った。自分も棚から『こころ』を引き抜く。

「最近の流行だよね」

「ずいぶん売れたみたいですね」

二冊を見くらべていると声をかけられた。やっと手が空き、文芸担当の書店員が満面の笑みでやってきた。お待たせしましたと恐縮しつつも、さっそくバックヤードに促す。入荷したばかりの新刊は出足も好調だそうで、担当者は上機嫌だ。白瀬も嬉しそうに、胸をなで下ろす仕草をしてみせた。

「聞きましたよ、今日はこのあとトークセッションですよね。仕事がなかったら、たとえライバル店のイベントでも駆けつけるんですけれど。抜けられそうもなくて残念です」

「いいですよ。そんな。忘れているのに思い出させないでください」

「え、忘れてるんですか」

「そういうことにしてるんです。今から手が震えてしまいそうで」

「それはいけない。すみません。どうぞ忘れてください」

明るい笑い声があがる。初対面の書店員であっても、和気藹々《わきあいあい》と言葉を交わしている。初めての書店まわりは白瀬みずきにとって「いい経験」になりそうだ。このままでいけば。

様子を見守りながら、智紀は青池のあげた本のラインナップを思い出していた。

『人間失格』『こころ』『蜘蛛の糸』『山椒大夫』『走れメロス』『風立ちぬ』。

どれも古典の名作だ。でも共通点はそれだけだろうか。

白瀬みずきも読んではいるようだが、特別の思い出があるわけではないらしい。

だったら、もっと他のもの。なんだろう。

サイン本ができあがり雑談に入ったところで、智紀はそっと席を立ち、売り場に戻った。青池の言ったタイトルを紙に書き、文庫コーナーで一冊ずつ探していく。古典だけれど作者はばらばら。出版年もまちまち。おまけに今では各社から出されている。集英社文庫、角川文庫、新潮文庫、ちくま文庫。同じ話が装丁を変え、ちがう文庫の棚に収まっている。

とりわけこのラインナップは……。

「あれ、井辻さん、どうしたんですか」

顔なじみの文庫担当者が気づいてそばに寄ってきた。手にしていた紙切れをのぞきこみ、愉快そうに目を見開く。

「探し物？」

「このラインナップを見て、どういう共通点があるかわかります？」

「なぞなぞですか」

さすが担当者、いきなりの投げかけに少しもあわてずふむふむと首を振り、「この頃ではこんなのもありますよ」と、『赤毛のアン』を差し出した。

「ああたしかに、これも、だ。この本があったらもっと早くに気づいたかな。それともさらにわからなくなったかな」

なぞなぞのひとつはどうやら解けそうだ。


六軒目を終えて、ついに最終の七軒目、ナガマツ書店西渋谷店へと向かった。

智紀と吉野は何も知らない彼女をエスコートしながら人混みを縫う。一日一緒にいたので、互いの歩調はなめらかに合う。ここが終われば、あとは彼女を次の待ちあわせ場所に送り届けるだけだ。トークイベントの会場ではすでに準備が始まっている頃だろう。

その、待ちあわせの相手、佐伯書店の編集者から電話が入った。路上で立ち止まり、白瀬は携帯を耳に押し当てた。大丈夫です、順調、あと一軒ですもの、少し度胸がつきました、みんな親切、などと話している内容が聞こえてきた。

「ほんとうはすごく恐いんです。やさしくしてもらったり、気にかけてもらったり」

明るい声で電話を切ったのに、彼女は黄昏《たそがれ》の空を見上げてそう言った。

「今が、夢の中にいるみたい。全部夢で、目が覚めたら、ああやっぱりなって思うの。取り柄なんかまったくなくて、地味で野暮ったくて冴えない自分がいるだけ。おまけに臆病で尊大で卑屈なの。世の中はいやな人ばっかり。だけどまた、いろんなものに目をつぶり、うんざりする自分で、やっていかなきゃいけないんだなあって」

黄金色の空に比べ、背の高いビルは黒々としたシルエットを作り、明暗をくっきり分けていた。街路樹の脇で信号が点滅し、クラクションの音が響く。雑居ビルから飛び出した看板に明かりがともる。ざわめきが立ち上っていく。

促すように吉野が歩き出した。

「今のこの現実も、楽しいことばかりではないと思いますよ。原稿を書くのは簡単でしたか?」

「いえ、それは……」

「今と、今より少し前と、ずっと昔と。みんなつながってるんじゃないですか」

小さくうなずき、彼女は考え込む。そして歩き始めた。順調でうまくいってると、ふと恐くなる。そんな気持ちだろうか。そして編集者としての吉野は、無理に押したり引っぱったりせず、静かにそばに立つ。

智紀は次第に近づいてくるナガマツ書店のビルに目をやった。営業は営業でやるべきことがあるだろう。今は目の前のラスト一軒。書店まわりを最後までサポートしなくては。

「井辻くん」

彼女のとなりを歩いていたはずの吉野が、いつの間にか歩調をゆるめ智紀に並んだ。

「なんかちょっと心配だな」

目配せは少し前を行く背中に向けられる。

「このまま何もなければ大丈夫だと思うんだけど」

次が問題の店なのだ。黄昏の街角でふと不安にかられた彼女は、編集者の巧みなフォローを受けて持ち直しつつあるけれど、さっきまでの明るさはどこへやら。元気がない。書店まわりが終われば次のイベントが近づく。落ち着かないのかもしれない。

「それなんですけれど、例の古典のラインナップで気づいたことがあるんです」

「何？」

「最近、人気の漫画家やイラストレーターが新たに装丁画を描いているんですよ」

「ああ、さっきの」

吉野と智紀が見くらべたのは『人間失格』と『こころ』だったが、他の本もリニューアルされ話題になったものばかりだ。

「『走れメロス』と『風立ちぬ』は俳優やアイドルの写真になっています。でもコンセプトは似たようなもの。中身は今まで出たものと同じで、外側だけが新たな読者を摑むべく工夫を凝らされている」

文庫担当の書店員が差し出した『赤毛のアン』もリニューアル版だった。

「どういうこと？」

「インタビュー記事によれば、白瀬さんは中高生の頃、こういうものが書きたいと友だちに語っていたそうです。その気持ち、つまり白瀬さんの中身はちっとも変わってない、というのを指しているのかも」

「コミック担当の人が？」

訝《いぶか》しむ気持ちはわかる。でももう、ナガマツ書店だ。会話が途切れる。

店内に入ってすぐ、待ち構えていた山下さんがすっとんできた。店長までやってきて、直々に新刊ディスプレイへと案内する。人気作家の初登場にふたりは大喜びで、いろいろ説明を始める。

智紀と吉野はすばやく店内に視線を走らせた。通路、立ち読み客、書棚の前、レジまわり、それらしき人影はない。弾む足取りの山下さんが白瀬みずきを伴い、「スタッフオンリー」の扉へと案内する。そこを押し開ければ、まさにスタッフしかいない。白瀬の肩から力が抜けるのが見えた。

でもこの店ばかりはちがう。書店員そのものに要注意人物がいる。

バックヤードに入り、取次《とりつぎ》から送られてきた段ボールの脇を通っていく。壁には注意事項や新刊案内の張り紙。スチール製の棚には、雑誌の梱包《こんぽう》がたっぷり積んである。

こちらですとドアが開けられ、小さな応接間に入った。今までと同じように並んで腰掛ける。

サインペンの用意をしていると、ノックの音がして誰か入ってきた。お茶だ。そんなことにもいちいち身がまえてしまう。

山下さんの陽気なおしゃべりに助けられた。智紀たちの過剰な反応は気づかれない。

サイン本作りは無事に終わり、店長が持ってきた色紙にもサインと簡単なコメントが入れられる。今日一日の書店めぐりを話題にして、つつがなく撤収。

でもまだ気を抜けない。応接室から出て、再びバックヤードに視線を巡らせた。段ボールの陰、棚の横、待ち伏せしている人はいないか。吉野が首を横に振った。ここにもいない。では売り場？

「白瀬さん」

先生と呼ばないよう言われていたので、智紀は「さん付け」で呼び止めた。

「こんなところでなんですけど、どうしてもうかがいたいことがあるんです」

「はい？」

「今回の新刊の内容について、『だいたいほんとう、ひとつだけちがう』と、さっきおっしゃいましたよね」

フロアに出るドアは目の前だ。智紀の言葉に白瀬だけでなく、吉野も山下さんも立ち止まった。

「思ったんですけれど、先生の設定ではないですか。高校の先生ではなく、小学生時代の恩師の方です。たびたび回想シーンに登場していますよね」

白瀬は不思議そうに眉を持ち上げた。

「どうしてそれを？」

「当たっていますか。あれが、現実とちがっていること、ですか」

「ええ」

胸の鼓動が速くなったのか、それを抑えるように彼女の手が黒いニットの真ん中にあてがわれる。少し後ずさり、吉野や山下の顔をうかがう。でもその吉野は「そうなんですか？」と白瀬を見返し、山下さんは「あれってフィクション？」と情けない声を出した。

「すごく好きなんですよ。先生とのシーン」

「設定がちがっているだけですよ」

「どうちがうんです？」

尋ねたのは山下さんだったが、智紀は白瀬に語りかけるように言った。

「教師ではなく、同年代の、友だちだったんじゃないですか」

白瀬は胸に当てた手のひらをぎゅっと握りしめた。

「誰に聞いたの？　ううん。どうして知ってるの？　誰も知らないはずよ」

「インタビュー記事の中にありましたね。中高生の頃、こういうものを書きたいと熱く語り、それを聞いてくれた友だちがいたと。その人は白瀬さんの思いに対し、どう答えたんでしょう。ひょっとして、『譲りたくないもの、守りたいものがあるって、すごいことだよ。たとえ小さくても、心に決めたものをぎゅっと握りしめ、君には君の道を進んでほしい』、そんなふうに？」

　首を真横に振る。でも顔つきは険しくない。おずおずとではあるけれど、微笑のようなものを浮かべる。

「そんなくさいセリフ、言わないわ。あれはフィクションよ」

「全部？」

「フィクションというより、もしかして脚色では？」

　ぽんと手を打つように吉野が言った。

「ふたりともやめて。こんなところでいきなり。ああはずかしい。びっくりした」

「すみません。でも、とてもよいお友だちがいたんですね」

「ええその、いたのね、私にも。だから世の中のすべてがひどいわけじゃないと思えたの。信じてよかった。今日だけで七軒、いろんな書店の人に会えたもの。昔じゃ考えられない一日よ。吉野さんが言ったように、みんなつながっているのかな。夢ではなく、私の現実なのかな」

　そしてまた彼女は、苦しい創作の中に分け入っていくのだ。

「井辻さん、でもどうして気がついたんですか？　すごい推理力ですね」

「ヒントがあったからです」

「ヒント？」

　それには答えず、智紀はドアを押し開けた。まばゆい光が出迎えてくれる。フロアの照明だ。ざわめく夕方の売り場に、たくさんの立ち読み客がひしめき、色とりどりの本の表紙が並ぶ。

児童書コーナーのディスプレイが照明の中で輝きを放つ。

その先に、すらりとした長身の人影があった。白いワイシャツ、ネクタイ、そしてエプロン。手には発売したばかりの真新しい本を持っていた。

智紀が会釈すると向こうも応える。そのやりとりに、白瀬が気づいた。視線がひとところに吸い寄せられる。すっと表情が消えた。

そのとき、出入り口からあわただしく駆けこんできた男がいた。真柴だ。髪の毛が乱れ、ネクタイがよじれ、書類バッグを両手で胸に抱えている。めざとく白瀬をみつけ、その視線の先の青池にも気づく。お笑い芸人のような派手なリアクションで固まった。

智紀はあわてて駆け寄った。

「しぃー」

「何あれ、おいっ、ひつじくん！」

「いいんですってば」

立ち尽くす白瀬の口元が何か言いたげに動き、頭が少しだけ左右に揺れる。視線の先の男は目を細め、白い歯をのぞかせた。距離にして、平台三つと通路が二本。

「いいってどういうことだよ」

「トークセッションはうまくいくってことです」

山下さんが心配そうに白瀬をのぞきこむ。大丈夫という仕草でうなずき、彼女はそろえた両手の指先を自分の唇に押し当てた。短い時間だ。顔を上げ、はにかんだ笑みを浮かべる。決心をぎゅっと握りしめた晴れ晴れとした表情だ。

そして一歩を踏み出した。新しい現実への、大事な一歩になるのだろう。


「井辻くん」

吉野もやってきて小声で尋ねた。

「ほんとうに青池さんが作中の『先生』だったの？　ずいぶん大胆な変更だ」

「舞台は高三の秋ですよね。青池さんは一年生のときに転校していったそうです。事件のとき学校にいない人物として、現実に即していますよ」

最初に、小学生時代の恩師のエピソードとして読んでいるため違和感が大きくなる。でもじっさいは青池さんをモデルにして、恩師が作られたのだ。

「あの古典の件は？　君の推理通りだとして、ずいぶんまどろっこしい言い方だ。なんでだろう」

「お互い、相手が何を思っているのかわからなかったから。探り合いみたいになったんだと思います。率直に訊けばよかったのに、あのときはできなくて」

こいつ何を言っているんだと、それぞれ訝しんでいたのだろう。結局、今回のばたばたはなんだったのか。ただの空回り？　かもしれない。でもいいか。無事に予定をクリアできたのだから。

フロアの片隅では感動の再会劇が繰り広げられ、「プライバシーだから」と男三人は背を向けた。

「せっかくだからこれから、トークセッションに行こうかな。立ち見だったらいいですよね、真柴さん」

「ひつじくんはいいけど、吉野は来るな」

「なんで。担当作家のイベントにはもちろん出席するよ。ちゃんと予約してあるし。打ち上げ会は遠慮するよ。佐伯書店の仕切りだもんね。明林書房の人間はおとなしく引っ込むよ」

「で、イベントのあと、おまえはどこに行く気だよ。あそこの女性店員さんたちと飲み会って噂を聞いたけど。ガセネタ？」

これには目をむいた。ぜんぜん知らない。書店員に誘われたのか。いつの間に？　吉野はほんとうに人気のある、もてもての営業マンだったのだ。思わずぼやく。

「ぼくもまだ誘われてないのに」

「井辻くんも一緒に行こうね」

にっこり微笑まれても、うなずけない。「だめだ」「やめろ」と騒ぐ真柴と一緒になって、首を横に振った。守りたいものを守ろう。素敵な女性店員さん——ではなく、大切な仕事のもろもろ。

優秀な先輩に負けてばかりではいられない。小さな決心を握りしめ、智紀はぐっと背筋を伸ばした。

背表紙は歌う

書店の片隅で、智紀《ともき》は相好《そうごう》を崩していた。ひと仕事終えて、ファイルや書類の詰まった鞄を手に、話が弾んで止まらない。はたと気づき、営業妨害になっては申し訳ないので、売り場から離れて店舗横の壁ぎわへと移動した。

相手のふるう熱弁がまた楽しい。負けじと携帯の画像を見せる。わっと盛り上がる。鞄を胸に抱え込み、ここをよく見てくれと指でさし示す。ふたりの双眸《そうぼう》はさぞかしきらきらと輝いているにちがいない。駅ビルのまぶしすぎる白い照明にも勝てそうな、充実のきらめきだ。おそらく、きっと。

「何やってるの?」

ふいに横から声をかけられた。

「ああ、真柴《ましば》さん」

半ば現実に引き戻され、半ば夢見心地のまま、智紀は同業者の顔を見返した。

「聞かなくてもだいたい察しがつくけれどね。こんにちは、久保田《くぼた》さん」

「こんにちは。そうだ、真柴くん、この前はどうもね。おかげで助かったわ」

「どうかしたんですか」

「うん。ちょっとね」

なんだろう、思わせぶりな。

智紀の楽しい談笑相手は、ベテランの営業ウーマンで久保田さんという。小太りの中年女性で、笑うとえくぼのできるふっくらした丸顔に、愛嬌のある目鼻立ち、会ったすぐそばから打ちとけられる雰囲気を持つ、営業職にうってつけの人だ。

「ほんとうにちょっとよ。ミサワ書店に寄ったときね、急に雨が降り出して困っていたら、真柴くんが傘を貸してくれたの。あそこ、駅に戻るのに陸橋を渡らなきゃいけないでしょ。短い距離だけど屋根がないから濡れちゃうのよね」

言われた書店はすぐに頭に浮かんだ。如才なく傘を差しかける真柴の笑顔も難なく浮かぶ。書店まわりの出版社営業マンとして、真柴は智紀よりいくつか先輩で、所属する会社は異なっていてもしょっちゅう顔を合わせる。仕事ぶりはもとより、キャラクターはいやでも熟知している。

とにかく女性にやさしい。若くてきれいな女の人、特に書店員ならばなおのこと、不自然なまでに親切になるのだが、久保田さんのように四十代後半のぽっちゃりした人相手であっても、ジェントルマンぶりは発揮されるらしい。

「ふたりでやけに話し込んでいるからなんだろうと思ったけれど、ひつじくんがそこまでだらしなくニタニタ笑うネタはあれしかないもんね」

「やめてください。ぼくは井辻《いつじ》ですよ。ニタニタもしてません」

「模型作りだっけ」

「ジオラマですってば。久保田さんはドールハウスが趣味で、ときどき情報交換してるんですよ。なんて、ぼくが教えてもらうばかりなんですけど」

「そんなことないわよ。井辻くんの植物は絶品。今度はぜひ、シクラメンをお願いね」

リクエストされ、嬉しくてまた顔中の筋肉がゆるむ。

「そういえばひつじくん、この頃は何を作ってるの？　以前は島田荘司先生の『斜め屋敷』だったよね」

「はい。今度はついに、『八つ墓村』なんですよ」

思わず声を潜め、同時に「ふっふっふ」と忍び笑いをもらす。さすがに自分でもちょっぴりあやしいかなと思った。真柴は大げさに顔をしかめ、体を引いてみせる。やれやれというため息が聞こえてきそうだ。

ごくごく個人的な趣味なので、できることなら仕事関係、学生時代の友人関係、その他多くの人々に伏せておきたいけれど、真柴にはつい話してしまい、以来、何かというと胡散臭《うさんくさ》そうな目で見られている。けっしていかがわしい趣味ではないのだ。夢中になって読みふけった本の舞台を、ジオラマで再現したいと思い立ち、見よう見まねで始めた。

最初は『鉄道員《ぽっぽや》』の駅舎。これは鉄道模型というジャンルが確立されているおかげでパーツが集めやすい。少しでも脳内のイメージに近づけられるよう悪戦苦闘し、不完全なまま、『ホワイトアウト』の雪山でうろうろしたあと、『そして誰もいなくなった』の洋館作りに挑戦した。

発泡スチロール、粘土、爪楊枝、綿棒、ボンド、段ボール、素麵《そうめん》の木箱、食玩、できうる限りお金をかけず、身近な物を使い、先駆者たちの創意工夫に学ばせてもらいながら、何度も試行錯誤をくり返しつつ、そこそこ技術も向上していると自負している。一冊の本にのめりこんでしまうあまり、他の本に手が出にくくなるのが玉に瑕《きず》だ。

学生時代のバイトとして明林書房《めいりんしょぼう》で雑務をこなし、本好きだから出版社勤務は憧れだったが、とうてい編集部は無理だとあきらめていた。原稿を読むことが仕事になっては、おちおちのめりこんでいられない。他の作品を読みたくない、などというわがままが通るはずもない。けれど就職の打診をされたさい、営業職とあらかじめ言われ、それはそれで不安もあったが思い切った。

「『八つ墓村』、へー、そこに行っちゃうんだ。じゃあ、今は村のジオラマ作り？」

「いいえ。主人公が泊まる『はなれ』を作っているんですよ」

これまた顔が自然とゆるむ。往年の大作家、横溝正史の人気作であるので、真柴も『八つ墓村』は知っているらしい。「はなれか」とつぶやき、首をかしげる。

「ずいぶんマニアックなピンポイントを突くんだね」

「あの部屋が重大な意味を持っているじゃないですか。すごくそそられるんですよ。もちろん畳を敷き詰めました。障子《しょうじ》と襖《ふすま》もばっちりですよ。屛風《びょうぶ》も！」

ついつい大きな声を出した上に、真柴に詰め寄ってしまい、邪険に押し返された。

「わかったよ、わかった。頼むからどういう屏風絵なのか、説明しないでくれよ」

「えー、そうですか。なんだったら携帯で写した写真、特別に見せてあげてもいいんですよ。あ、それでですね、はなれに敷く布団について、久保田さんに助けてもらってたんですよ」

年下ふたりのやりとりを、にこにこ聞いていた久保田さんが、「やだわあ」と手を振る。

「そんな大げさな。井辻くん、自分でちゃんと縫ったんだものね。えらいわ」

「何度もとんちんかんな質問、しちゃったじゃないですか。すみません。おまけに掛け布団にぴったりな、レトロ柄の布まで譲ってもらって」

「ほんの端切《はぎ》れよ。いいものができて、よかったわね」

話しているとむずむずしてきて、ねだられてもいないのに智紀は携帯を取り出した。画像を表示すべくボタンをいじっていると、真柴が勝手に話題を変えた。

「そういえば久保田さん、以前、新潟の書店にいたと聞いたんですけれど、ほんとうですか?」

「ああ、そうね。まあちょっとだけ」

「書店員さんだったんですか」

「手伝ったことがあるだけ。もうずっと昔のことよ」

手先が器用で手芸全般に通じている久保田さんは、ジオラマの細かいアイテムを創作するにあたってとても頼りになる相談相手であり、智紀の本業である営業職においても大先輩だった。

彼女の場合、ひとつの出版社専属の営業ではなく、各社のそれを請け負う専門の会社に属している。出版社から見れば、書店まわりの仕事を外部の業者に委託するかっこうだ。内部の人材をあてるより、コストが抑えられるのだろう。書店にとっては、効果的な欠本補充や新刊紹介、タイムリーな発注さえできれば、委託業者でも専属の社員でも業務に支障はない。

通常そういった営業マンは複数の出版社を掛け持ちするので、久保田さんも智紀の知る限り、常に五、六社の書類を鞄にぎっしり詰めている。書店によって売れ筋が異なるので頭を切り替えつつ、A社の営業に力を入れて、B社をさらりと紹介し、C社のチラシを置いていく、次の書店ではD社に重点を置き、A社とC社は新刊だけプッシュする、というように臨機応変がものをいう。

精力的な仕事ぶりを日頃から尊敬していたが、書店員の経験があるというのは初耳だった。

「シマダ書店でしたっけ。来週、行くかもしれません」

「新潟に？」

「出張なんですよ。北陸も受け持ちエリアになったので」

そう言って真柴はにっこり微笑んだ。やけに嬉しそうな顔をしているので、すごくあやしい。きれいな書店員さんの噂でも聞き、今から顔の締まりを失っているにちがいない。新潟美人がどうのこうのと、やかましい報告を山のように聞かされそうだ。

まったくもうと思いつつ久保田さんに視線を向けると、彼女はなぜかびっくりしたようなとまどっているような、ひどく不安げな顔をしている。どうしたんだろう。いつもなら軽妙洒脱《けいみょうしゃだつ》に出張先のご当地名産品を語るのに。

気づいたのは智紀だけで、真柴は東尋坊《とうじんぼう》や能登《のと》半島、新潟の米所《こめどころ》について語り始め、久保田さんもつられて表情を戻す。カニや甘エビ、うに、いくら、おいしそうな話題だけがしばらく続いた。

ほんの少しの引っかかりはあったものの、久保田さんの微妙な変化については、真柴と共に駅の改札口で手を振って別れて以来、すっかり忘れていた。思い出したのは翌週、某大型書店のフロアで彼女に呼び止められたときだ。

どうやら智紀がひと仕事終えるのを待っていたらしい。

「このあと、急ぎの用事ある？」

声は明るいが、眉はたよりなく八の字になっている。遠慮がちに尋ねてくるという、もじもじした雰囲気も初めてだ。どうしたのだろう。エレベーター横の壁にかかった時計は、午後の五時を指していた。会社に戻って今日一日の報告書を作らなくてはならないが、少しくらい押したってかまわない。ジオラマやドールハウスの話題でないことは直感的にわかった。かといって、他は何も思いつかない。

担当エリアが重なっているものの、彼女と智紀では扱っている本のジャンルがかなり異なる。智紀の勤める明林書房の主軸は文芸書、いわゆる小説だが、久保田さんの受け持つ出版社は新書、実用書、参考書をメインにすえている。したがって書店の担当者はほとんどかぶらない。フロアで姿を見かけているうちに、互いに会釈するようになり、あるとき飲み会で同席した。それがきっかけで一気に親しくなったが、久保田さんはもともと気さくで明るく面倒見もよく、飲み会の席ではムードメーカーの人だ。中年女性の営業には、やたら強引で噂話が大好きで、店長や経営者に度の過ぎた愛想を振りまく人もいるけれど、久保田さんはそういう人たちをかわすのもうまく、ときどきは仲良く雑談に興じ、群れもせず流されもせず、いろんな意味で頼もしい。

書店員さんからも、仕事なのかプライベートなのか、相談事を持ちかけられるのを見かけたことがある。総じて若い人に人気がある。智紀の場合、ジオラマとドールハウスという趣味の一致をあとから知り、嬉しいサプライズになった。

「ごめんね。忙しいのはわかっているんだけど」

「大丈夫ですよ。気にしないでください」

その久保田さんに、折り入って話したいことがあると言われれば、ふたつ返事でうなずいてしまう。書店から出ると駅に向かう道の途中で路地に折れ、昔ながらの喫茶店に入った。智紀はコーヒーだけ注文したが、久保田さんは気を利かせピザトーストをつけてくれた。

「何かあったんですか」

「うん。いきなりの話なんだけど、井辻くんなら、真柴くんと連絡が取れるかなと思って」

「ああ、たしか今は出張中ですね。昨日から北陸方面に」

久保田さんは目を伏せ、それきり話が止まってしまう。やがてコーヒーが運ばれ、それぞれの前に置かれる。ピザトーストもタバスコと共にやってきた。

「熱いうちに食べて」

智紀は笑顔でうなずき遠慮なく手を伸ばした。トーストは三切れに分かれていたので、久保田さんにも一切れすすめる。最初はためらっていたが、「それじゃあ」と笑って手に取った。いい感じで少しだけ緊張がゆるんだ。

「北陸と言えばこの前、新潟にある書店のことを真柴さんが話してましたよね」

「そうなの。ちょっとね、それについて気になることがあって」

あのときの微妙な表情は気のせいではなかったのだ。久保田さんはトーストを食べたところでまた黙ってしまい、半分ほど残ったコーヒーをじっとみつめる。

「気になることって？」

「うん」

そんなに言いにくいことなのだろうか。急かすつもりはなかったが、話がしたくてわざわざ声をかけたはずだ。思い切ってもう少し踏み込んだ。

「なんていう書店でしたっけ。久保田さん、その店を手伝っていたようなことを言ってませんでした？　とすると、新潟に住んでいたことがあるんですか。出身はこっちでしたよね。千葉でしたっけ。前にそう聞きました」

「そうなの、千葉で生まれ育って今は東京。だけどいっとき、新潟にいたのよ。ねえ井辻くん、真柴くんの夢というか願望というか、知ってるわよね。ほら、きれいな書店員さんと巡り合い、恋に落ち、結婚するっていうの」

「もちろん。耳たこってやつですよ」

久保田さんは肩をすくめ、白い歯をのぞかせた。

「私ね」

今度は智紀が「はい」と応じる。そしてふと思い出した。久保田さんは独身だ。何度も何度も「花の独身」「お婿さん募集中」と聞かされた。手先が器用で手芸全般が得意という一面も、こんなに女らしいのに、という笑いに変えてしまう。お酒が入るといつも以上にノリがよくなり、万年宴会人間である真柴とはいいコンビだ。シャープなつっこみと巧みなボケで、お約束のように場を盛り上げてくれる。

大口開けて「あはは」と笑う久保田さんの姿が頭をよぎり、硬い表情でうつむく今の久保田さんが別人に見える。

「ほんとうに、どうかしたんですか。何か困ったことでもありましたか。なんでも言ってください」

「私、この道二十年というベテラン営業ウーマンなんだけど、真柴くんの言うようなことが現実にあったのよ」

「えっと、それはつまり……」

「だから、訪問先の書店で働いている人と、付き合うようになったの」

「えー！」

「ちょっと、驚きすぎよ、井辻くん」

今度は口を尖《とが》らせわざとらしく頬を膨らませる。けれどもう一度、それってどういうことと反芻《はんすう》せずにいられない。久保田さんが、書店員さんと付き合う？

「へえ、それはすごいですね」

「何がすごいのよ。ほんとうなのよ。真柴くんの言ってたシマダ書店、あそこの店長さんとすごく気が合って、付き合うようになったわけ。かれこれ十年以上も前の話よ。いいわよ、信じなくても」

あわてて「いやいや」と手を振った。

「信じますよ、もちろん。当たり前じゃないですか」

「これでも十数年前はもうちょっとスリムで、若くて、かわいらしかったのよ」

「今でもそうですよ。急に思いがけない話だったんで、どきどきしちゃっただけで。新潟。ああ、そっちが受け持ちエリアだったんですね。わあいいな。仕事で出かけた雪国での出会い、ですよね。きっとお似合いだったと思います。今だって久保田さん、もてもてですよ。一緒にいて、いつもすごく楽しいですから」

「やあね、ヨイショしたって、あとはアイスぐらいしか奢《おご》らないわよ」

機嫌を直してくれたのか、久保田さんはほんとうにウェイターにバニラアイスと抹茶アイスを注文した。このさい、図々しいのは百も承知で冷たい食べ物はありがたい。頭を冷やしたい。申し訳ないが久保田さんと男の人というのが想像外で、必要以上に焦ってしまった。

「十年前ですか？」

「うん。正確にはもうちょっと前ね。その頃の私、今はなき、ひばり社に勤めていたのよ。井辻くん、ひばり社って知ってる？」

「手芸の本を出していたところですよね」

数年前に倒産した老舗《しにせ》の出版社だ。編み物や洋裁、刺繍《ししゅう》やパッチワークなど、女性向けホビーを専門に扱う手堅い会社だった——らしい。今でこそ手芸の本がちらほら気になる智紀だが、当時はさっぱりで、新聞に載っていた記事を見て初めて名前を知ったくらいだ。明林書房でのバイトをやっていた時期でもあり、出版社の倒産というニュースに目を引かれた。編集部内でも噂になり、「まさかあそこが」と驚く人が多かった。

「ぼくが大学生の頃だから、五年くらい前になりますか」

「そうね。それくらい。私が勤めていた頃は業績も悪くなかった。潰れるなんて思いもしなかったわ」

「ひばり社の営業として、新潟をまわっていたんですか」

「今以上にきらきらと輝く敏腕の営業ウーマンだったのよ。もともと手芸が大好きで入った会社だから、楽しくもあったし」

それは大いに納得できる。さぞかし張り切って働いていたことだろう。

「シマダ書店のその人とは、一緒にご飯でもというよくあるパターンで、すごく気が合ったの。たちまち新潟が大好きになったわ。上越新幹線のおもちゃに頬ずりして話しかけるくらいに。もちろんお米はコシヒカリ」

久保田さんはそう言って、届いたばかりのバニラアイスを半分ほど平らげたのちに、鞄の中から四角い封筒を取り出した。中から写真を引き抜き、智紀に差し出す。受け取ってのぞきこむなり、「えっ」と目を見張った。

「これって」

「結婚したのよ。ちょうど十年前。私は初婚で相手は再婚。奥さんを病気で亡くした人なの。悩まなかったわけじゃない。こっちの生活をたたんで、向こうに移り住むってことだもんね。仕事も辞めなきゃいけない。漠然と描いていた人生設計ががらりと変わってしまう。まったくの背水の陣ってやつよ。でも思い切る以外の選択肢が、あのときの私にはなかったの」

智紀の手にした写真の中で、久保田さんは白いウエディングドレスに身を包んでいた。となりにはタキシード姿の男の人が寄り添う。すらりとしたなかなかいい男だった。

ふたりはとても幸せそうに微笑んでいた。花嫁の手にした白いブーケから花びらがひらひらと舞うような、陽光に満ちあふれるブライダルシーンだ。それがひどく苦い感傷をもたらす。この笑顔がいつまでも続いていたのなら、久保田さんは今、ここにいないのではないか。

黙りこむ智紀に、もう一枚、写真が手渡された。花婿花嫁にもうひとり、加わっている。

「相手の人にね、女の子がいたの。このときは小学二年生。マリちゃんっていうのよ。三人で暮らしたのは四年弱。私はこっちに戻ってきて別の仕事にも就いたんだけど、やっぱり営業職に返り咲いちゃった。その頃ひばり社はもうなくなっていたわね。なんだかずいぶん昔の出来事みたい」

女の子も白いひらひらのドレスを着て、まん丸の花束を持っていた。ところどころにあしらわれたピンクのリボンがかわいらしい。このリボンもまた、ほどけてしまったのか。

なんと言えばいいのかわからず、智紀は曖昧《あいまい》にうなずいて顔を上げた。久保田さんはポーカーフェイスを装っているけれど、心なしか目が潤んでいるように見える。

それをごまかすように溶けかかったアイスを勢いよく食べて、智紀から写真を受け取った。

「へんなもの、見せちゃってごめんね」

「いえ、そんな」

「証拠写真があった方が話が進むと思ったのよ。このアイスと同じく、今見たものはやさしくそっと溶かしておいてね。それで、新潟に行った真柴くんのことなんだけど。折り入って頼みたいことがあるんだ」

そうだ。そもそもの本題はそれだ。

「シマダ書店の様子がね、どうもこのところおかしいの。というのも、関係者らしき人のブログをみつけてときどき見ていたのよ。そしたら数ヶ月前に何かあったらしくって、それがただならぬ状況のようなのよ。私はもう関係ない人間でしょ。あそこを出てきたんだから、それはよくわかっているの。心配することからしてお門違《かどちが》いもいいとこ。向こうからすれば不愉快きわまりないかもしれない。だから自分からどうこうすることはできないんだけど、店の雰囲気だけでも見てきてもらえないかしら」

「真柴さんに？」

それはある意味、調査依頼ということだろうか。ちゃらんぽらんな調子のいい男で真面目さに著しく欠けるけれど、好奇心は人一倍強く機を見るすばやさもある。案外うってつけかもしれない。フットワークが軽く人なつこいところなど、情報収集能力にも期待ができる。

「わかりました。連絡を取ってみます」

「ありがとう。こんなの、誰にでも頼めることじゃないし」

信頼されているようで使命感に燃える。

「さっき、お相手はシマダ書店の店長と言ってましたっけ」

「経営者なのよ。新潟県内に四店舗持っている。私より二つ下だから、今年四十六歳ね。親の代から引き継いだ家業なの。十年前に結婚したときはもうお義母《かあ》さんが亡くなっていて、お義父《とう》さんが社長だった。そのあと大病を患い、今は引退されて彼がまさしく社長なわけ」

「様子がおかしいって？」

「経営の危機、みたいなの」

地方の書店ならば残念ながら今どき珍しくないのでは。智紀の考えたことは口にせずとも通じたらしく、久保田さんは首を何度か縦に振った。

「ふつうの経営難なら私も何も言わない。じっさい、昔は七店舗あったのが縮小されて四店舗になっているのよ。このご時世、もっともっと厳しくなるかもしれないわね。どこも小売業は大変。私は遠くから気にかけるのがせいぜい。この六年間、そんな感じだったんだけど、今の状況は単純な売り上げ低下には見えなくて。具体的なもめ事があったんじゃないかしら」

「どんな？」

「それを少しでも知りたいの。ブログには抽象的なことしか書いてない。知ったって、私にできることなんて何もないわ。よくわかっているけど、やきもきしているだけなのもつらくて」

久保田さんのいつにない真剣な顔に、智紀は圧倒されつつも、たじろぐというのとはちがう。素朴に心を動かされた。結婚式の晴れがましい笑顔は数年後、悲しい結末にかき消される。両手で抱きしめたいほど愛した新幹線は、夢破れた帰郷の足となる。二度と思い出したくないという言葉がもれてもおかしくないのではないか。じっさい自分では訪れることができないのだろう。当時の知り合いに連絡を取るのもためらわれるのでは。

だけど気になるという。知りたいという。不思議なものを見るような思いにかられた。

「大丈夫ですよ。真柴さんならきっとのってくれます」

「恩に着るわ」

手を合わせ、拝むようなまねをする久保田さんに「やめてくださいよ」と笑いかけた。

ほんとうに不思議だ。かつての日々を振り返ってつらいと言うのではなく、心配でやきもきするのがつらいなんて。

久保田さんと別れ会社に戻ってから、智紀は報告書を書き上げ、引き続きシマダ書店についてパソコンの検索キーを押した。真柴に連絡を入れる前に、自分なりにどんな店なのか知っておこうと思ったのだ。

ホームページはすぐみつかった。久保田さんが言った通り新潟県内に四店舗展開する、老舗の書店らしい。各店舗の案内マップや新刊情報、売れ行き好調品、担当者のおすすめといった定番メニューが見やすく並び、サイトのデザインはなかなかおしゃれだ。専門の業者がデザインしたのかもしれない。

試しに「お知らせ」の項目をクリックすると、各店舗で行われるフェアの情報や営業時間の変更、リニューアル速報、定期購読のすすめなど、更新もまめにされている。

久保田さんが案じるようなトラブルの気配はまったく感じられなかった。どこにでもあるようなごくふつうの書店で、むしろうまくいっているように思える。手作りポップの写真や平台《ひらだい》の飾り付けなど、スタッフのやる気を感じさせて微笑ましい。

久保田さんが異変を感じ取ったのは関係者のブログと言っていた。それを思い出し探してみたが、今度はすんなりとはみつからない。さまざまなキーワードを組み合わせ検索サイトを当たってみたものの、それらしきものは出てこなかった。

あきらめて真柴の携帯にメールを入れた。折り返しの電話をもらったのは三時間もあとのことで、しかもそうとう酔っぱらっていた。

「電話ありがとうございます。だけど今話して、大丈夫ですか。すごく酔ってますよ」

「バカ言え。たったの二軒だよ、二軒。明日にそなえて三軒目の新潟ラーメンは我慢した。大丈夫に決まってるじゃないか。山古志《やまこし》牛は食べたよ、ステーキ、ジューシー」

「はいはいはい。やっぱり明日の朝にします。またあらためて」

「シマダ書店だっけ。どうしたの、だめなの？　噂はほんとうなんだね。蛙か、やっぱり。そりゃひとたまりもないよね。自然界の法則からしたら」

噂？　蛙？　なんのことだ。

「真柴さん、シマダ書店のことを何か聞いたんですか。もしもし」

「知らないよ、聞いただけだもん。気の毒ねって」

「ちょっと待ってください、ちゃんと話してください」

「久保田さんがどうかしたの？　なあひつじくん、前に久保田さんが言っていたんだよ、新潟のなんとかホールにかかっている絵がすごくいいって。うちの本の装丁画をやってくれた先生で、なんてったかなあ」

ますます意味がわからない。

「時間があったら寄ってみたかったんだけど」

「寄ってほしいのは、書店ですってば」

それ以上、話を続けることはできなかった。真柴は明るい笑い声を響かせると、上機嫌で電話を切ってしまった。さすがにかけ直す気にはなれない。

「まったくもう、なんだよ」

シマダ書店のまわりに不穏な噂が流れているのは、どうやらほんとうらしい。

翌朝の九時、今度は智紀の方から電話を入れた。夜のうちに久保田さんから聞いた身の上話をかいつまんでメールしておいたので、今度こそ話がスムーズに進むはずだ。真柴の言ってたシマダ書店の噂についても詳しく聞きたい。

「ややあ昨夜はごめんね、山古志牛、羨ましかったでしょ」

「それはいいです。メール、読んでくれました？」

「うん。久保田さんにそんな過去があったなんてね。女の人はミステリアスだな」

「シマダ書店について、誰に何を聞いたんですか」

「ああ、ちょっとした噂話だよ」

真柴によれば話の出所は、地方の書店の仕入れを専門に請け負っている業者だそうだ。一般に、バイヤーと呼ばれている。都会の大型店なら発注数が多くなるので出版社の対応も早くなるが、中小の書店は小口の注文がほとんどで、売れ筋を入手するのがむずかしい。そういう不利を解消すべく、間に業者が入り、仕入れを引き受けている。小さいところでもいくつか集まれば、まとまった数の注文がかけられるのだ。

出版社の営業マンは書店向けの販促活動を、このバイヤー相手に行う。新刊やフェアのプレゼンをすることにより、バイヤーが注文して、地方の各店舗に本が行き渡る。すべての書店が利用しているわけではないので個別訪問もあるけれど、仲介業者があるところではたいてい顔を出す。

真柴も仕事で立ち寄り、佐伯書店《さえきしょてん》の本を売りこみながら雑談を交わした。その中にシマダ書店の話も出てきたという。

「なんでも地場産業のお偉いさんを怒らせたとかで、いろいろ厄介なことになっているらしい」

「お偉いさん？」

「出版文化に理解があって、書店の後押しもしていたそうなんだ。いわゆる地方の文化人ってところじゃないかな。書店に限らず、ほら、地域の歴史や伝承、ガイド誌なんかを中心に出してる会社があるだろ。ああいうのを資金面でバックアップしたり、文学館を造ったり、講演会を企画したりして、活字文化を陰になりひなたになり支えていた人らしいんだ」

智紀は自分の訪れた地方の書店をいくつか思い出し、なんとなくわかった気になってうなずいた。たいていどこにも「その土地ならでは」という出版社があり、かなりマニアックな本を出している。他ではめったに見られない書籍や雑誌が、地方の書店には並んでいる。

「怒らせたって、どういうことです？」

「さあ。それはよくわからない。今のところは、仲違《なかたが》いしたという噂だからね。相手が有力者だと、たちまち経営にも響いてくるそうなんだ」

今度は慎重に首をひねる。

「融資でも受けているんでしょうか」

「そんなところかな。ショッピングセンターでのテナント料が値上がりするとか、駐車場を使わせてもらえなくなるとか、すごくリアルなしわ寄せも耳にした」

「マジですか」

「いいときはいいけど、悪くなると大変だ。話を聞かせてくれたバイヤーの人も心配してた。どちらとも面識があるそうで、このままだと蛇に睨《にら》まれた蛙になってしまうって」

昨夜の「蛙」はそこに出てくるのか。

「久保田さんが聞いたら、ますます気をもむだろうな」

もっともな真柴の言葉に、智紀は深いため息をついた。

「すごく気にしてるんですよ。真柴さん、もう少し調べてもらえます?」

「うん。やってみる。もめ事の原因ぐらい知りたいよな」

仕方のないことならば、割り切りもできるだろう。久保田さん自身、店の経営に口を出すつもりはないようなことを言っていた。やむを得ない理由があれば、きっと気持ちの整理がつく。

お願いしますと言って、智紀は電話を切った。


どこかで久保田さんに連絡を入れなくては。そう思いつつ書店まわりに出かけると、その日の売り場は突然もたらされた某出版社の倒産騒ぎでもちきりだった。

サブカルチャーに強い中堅どころの出版社で、タレント本から写真集、各種うんちく本、パズル誌や実用書など、明林書房よりはるかに出版点数が多い。扱うジャンルも多岐にわたっている。危ないという噂はほとんど広まっていなかったので、多くの人にとって寝耳に水の騒ぎとなった。

もちろん智紀も知らなかった。原因は長引く不況による業績悪化だそうだ。バブルがはじけた直後の、出版社の倒産理由は案外、売り上げ減によるものではなかった。親会社、あるいは関連会社が株や不動産の取引に失敗し、共倒れという図式が多かったのだ。本は売れていたのに、と惜しむ声がよく聞かれた。

けれどここしばらくはさすがに、売り上げ低迷が直接の引き金になっている。本を作っても利益が出ずに、紙代も印刷代も倉庫費も印税も支払いが滞って、ついにはパンクしてしまう。そうなる前に突然のベストセラーに恵まれ、なんとか危機を免れたというレアなケースも耳にする。一冊の本が会社を救うことは現実に起きる。けれど不発のまま、またひとつ、潰れた会社が出たのだ。

智紀のような出版社の人間は、いろいろ身につまされながらも、立場としてあくまでも傍観者だ。神妙な顔で噂話に耳を傾ける。けれど書店の人にとってはちがう。本は返品可能という特殊な商品だ。仕入れのさいに精算がなされていても、期限内であれば返品がきき、お金が戻ってくる。

とはいえそれは引き取る先あってのことであり、先方が潰れてしまうと返せなくなる。不良在庫になったあげく破棄せざるを得なくなったら、ただでさえ利益率の悪い薄商いを続ける書店には大きな痛手になりうる。

そこで危ないという噂が流れると、本格的な業務停止になる前に、手持ちの出版物を急いで返本してしまう。のちのち希少価値が出て売れ筋に変わる本もあるから、必ずしもすべて返すとは限らない。仕入れのさいに精算されているので、あとは買い取り品として売ることはできる。けれど、ほとんどの書店が安全策を取るのだ。

「いい本もあったのに。もったいないですね」

訪ねた店でもまさに、売り場からの撤収作業が行われていた。担当者が棚の背表紙に目をこらし、一冊ずつたどって、みつけるそばから抜き取っていく。ストックを調べ、返本用の台車に積んでいく。

「ほんとうの人気作だったら、心配しなくても引き取り手が現れるよ」

「引き取り手?」

「よその出版社が『うちでどうぞ』と手招きするんだ。装丁も替わり、出版社も替わるから、買い集めていた愛読者には気の毒だけど、著者にとっては渡りに船だよね。リニューアルされて再び書店の棚に戻ってくる。よくあることさ」

そうなんですかとうなずくと、派手な表紙の単行本を手にしていた書店員が、智紀のやけに簡単な納得を混ぜっ返すように言った。

「長い歴史の中ではよくあることでも、オファーがあるのはずば抜けた人気作だけだ。やっぱりキツイ話だよ。その他の多くが新刊書店から消え、二度と戻ってこない。会社の名前だってすぐに忘れ去られてしまう。あーあ、やだな。これも返したくない。置いておけば絶対売れると思うんだけど」

手にした本を左右に振って、その人は肩をすくめた。

棚を任されていれば、ある程度長い期間、自分の見立てた本を置くことができる。けれど、いずれ返本できなくなる本をどうするかは店の判断だ。最終的に責任を負うのも担当者でなく、店。方針に従うしかない。

「井辻くんのとこの本も、撤収の憂き目にあわないようにね」

「は？」

「新刊書店の棚に、いつまでもいてよ」

もちろんですよと笑って胸を叩けず、若干情けない顔になりつつも、首を縦に振った。カートの上に積まれた本は、今の今まで、お客さんの手に渡ることを待ちながら棚に並んでいたのだ。段ボールに詰めこまれ、二度と書店には戻ってこない。ふつうの返本だったら注文に応じて再び出荷される可能性もあるのに。

気を取り直し、いつもの仕事をすませて店を辞した。五年前、ひばり社の本もこんなふうに市場から消えた。久保田さんが新潟から戻ってきたあとだ。かつての勤め先とはいえ、知ったときは複雑な心境だっただろう。

真柴と連絡が取れたということだけでも伝えなくてはならない。久保田さんの携帯にメールを入れると、次の書店の最寄り駅に着いたところで電話が入った。

「今、話して大丈夫？」

「はい。真柴さんとも今朝、電話でいろいろ話したんですよ」

「何か、わかったことある？」

メールには真柴に頼んだことくらいしか、書かなかった。一瞬躊躇《ちゅうちょ》すると、それがある意味、返事になってしまう。

「教えて、井辻くん。なんでもいいから」

「あのですね」

冷静に考えればそうおかしな話ではないだろう。地元の有力者のご機嫌を損ね窮地に陥っているというのは、とても気の毒な状況ではあるけれど、今のところ、大きな犯罪の匂いやゴシップネタとは結びついていない。

智紀はなるべく手短に、真柴が聞きかじったという噂について話した。しばらく考えこむような間が空き、久保田さんは「橋詰《はしづめ》さんかしら」とつぶやいた。

「心当たりがあるんですか？」

「たぶんそうだと思う。これでも四年間、あそこで奥さんをやってたから」

「どんな人です？」

「六十代後半で、昔ながらの、親分肌の人よ。頑固なところもあるけどなかなかの人情家で、子どもみたいに純粋なところがあるの。郷土愛は人一倍強くて、歴史を勉強する研究会やサークルに入ってたわね。自分も本を出しているのよ。まあその、ほとんど自費出版みたいなものだけど」

「郷土愛ですか」

若干の、引っかかりを感じた。

「久保田さん、大丈夫でしたか。千葉の出身でしたよね」

「よそ者だからって、いじめられなかったか？　それは大丈夫。郷土も愛してるけど文芸も大好きなのよ。私が出版社の人間だと知ったら、感激してくれた。編み物や洋裁の本しか出してないのに、東京にある出版社にいたなんてすごいって。ね、子どもみたいなところがあるでしょ」

口ぶりからすると、ほんとうに悪い印象を持っていないようだ。財力や権力をふりかざし書店にいやがらせをするような偏狭な人物ではないということか。トラブルの構造そのものがわからなくなってくる。

「久保田さんの旦那さん……いえ、元旦那さんはどういう人です？」

「あの人は、けっこう調子いい方かも。話が合うと楽しくて気さくでやさしい人なんだけど、結局は苦労知らずのお坊っちゃんぽいところもあって。へんに自信家なの。単純で、意地っ張りでもあるわね。あら、もしかして橋詰さんに似てたりして」

聞きながらふと、離婚の理由はなんだったのだろうと思った。

十数年前に営業として訪れた町で知り合い、引かれ合って結婚したのだろう。住み慣れた土地から離れ、仕事を辞めてまで飛びこむというのは、そうとう勇気がいったはずだ。久保田さんの年からすれば決断したのは三十代後半。若さゆえの勢いではない。いろいろ考えた末に、思い切って選んだ新しい世界だったのだと思う。

なぜ四年でリタイアしたのだろう。四年が限界、と決断する厳しい現実があったのか。

でも今はそれを考えている場合ではない。脱線しかける頭をもとに戻す。本好きと本を売る人がいて、頑固者だったり意地っ張りだったり。親しい間柄だったからこそ、思わぬ衝突に見舞われたのかもしれない。積もり積もった不満が爆発したとも考えられる。

「今はまだ噂話くらいなんですけど、引き続き調べてくれるみたいです」

「真柴くんに、よろしく伝えてね。何かわかったら隠さず聞かせて」

智紀は携帯を手に、空を振り仰いだ。新潟はどちらの方角だろう。

同じ東京の空の下、今ごろ久保田さんも低くたれこめた灰色の雲を、じっとみつめているような気がした。


夕方、真柴からメールが入った。今日は新潟県西部から富山県まで足を伸ばし、明日また新潟市に戻ってくるそうだ。上越市にある書店で、他社の営業マンと一緒になり、シマダ書店の話を聞き出せたという。

それによると、懇意にしていた地元のお偉いさんがへそを曲げた理由は、関係者の誰にもわかっていないそうだ。むろん当事者にはちゃんと理由があるのだろうが、その点については固く口を閉ざしているらしい。

少なくとも半年前まで関係は良好で、シマダ書店のオーナーが売り上げ減をぼやくと、まとめて辞書を購入し自分のところの社員に配るなど、気っ風《きぷ》のいいお客さんであり続けたようだ。やたら顔が広い人でもあるので、ことあるごとに「本屋はみんなで買い支えなきゃいけない」と言ってくれたようでもある。

真柴も智紀も、駐車場の便宜やテナント料など、金銭面の話から入ってしまったが、どうやら本格的に書店贔屓《びいき》のありがたいサポーターであったらしい。

けれど数ヶ月前から急によそよそしくなり、他所《よそ》で陰口めいたものを叩くようになった。いわく、あそこは都会かぶれの嘆かわしい店、地元への愛がまったくない、勝手にひとりでやればいい、もう応援なんてしたくない――。

そして手のひらを返したように、冷遇し始めたそうだ。

シマダ書店のオーナーも驚きあわてたようだが、原因を探って改善に乗り出すどころか、つい最近、事態をさらに悪化させる決定的な衝突があったとか。

真柴からの報告はここで終わっていた。とてもメールには書けないそうだ。智紀は地下道の真ん中で大声をあげそうになった。気になって仕事にならないではないか。

合間をみつけて何度か電話して、一時間後にやっと通じた。

「やめてくださいよ。ちゃんと教えてください」

「いきなり嚙みつくなよ。ほんとうに微妙なネタなんだからしょうがないだろ」

「いったい何があったんですか」

「飲み会の席で顔を合わせ、両方かなり酔っぱらってた上での、口げんかになったそうだ。で、相手が持ち出したのがその……前の奥さんのこと」

「え?」

それはまさに久保田さんのことではないか。

「都会かぶれのくせに、東京の奥さんをもらって失敗したやつ、だってさ」

「うわっ」

まちがいなく久保田さんのことだ。

「恥を知れとか、もう信用しないとか、山内一豊《やまうちかずとよ》を見習えとか、がんがん言われて、シマダ書店の経営者も切れたらしいよ。想像したくない修羅場だ」

同感して頭に手をやりつつ、智紀はうなずいた。

「痛すぎですね、それは」

「どうするひつじくん。明日、シマダ書店には寄ってみようと思うんだけど、久保田さんの名前は出せないね」

「はあ。そっとしておいた方がいいですよね」

「久保田さんにはなんて言う?」

「うーんと、差し障《さわ》りのなさそうなことだけを少し」

眉間に皺《しわ》を寄せながら、すでに言葉を濁《にご》すように答えると、気持ちは伝わったらしい。

「むずかしいね」

「うまく話せるかどうか、自信がないですよ。離婚したあとの話でしょう。デリケートな問題がいろいろあるようで」

「でもな、久保田さんなら、ひつじくんのそういう困り加減はわかると思うんだよね。無神経な人じゃないから。それにしても、どうしてプライベートなことを打ち明けてまで、あの店を気にするんだろう。ちょっと解《げ》せないな」

「そうですか。四年間は自分の店でもあったわけでしょう?　特別な思い入れがあるんじゃないですか」

それとも元夫のことが今でも好きなのだろうか。複雑な女心となったら、いよいよ苦手意識が先に立つ。不用意な言葉で地雷を踏んでしまったらどうしよう。しょんぼりうなだれる久保田さんは見たくない。本格的に頭を抱えたくなった。


どんなふうに切り出せばいいものか。悩みつつも会社に戻って報告書と新たな企画書をまとめていると、ひと息ついたところで久保田さんからメールが入った。話を急かす文面ではなく、付き合わせて申し訳ないという、恐縮の言葉が並んでいた。

ほんとうは気になって気になってしょうがないのだろう。壁の時計を見て、六時半という絶妙な時間に、彼女の精一杯の気遣いを感じた。こうなったらいっそ腹をくくり、一緒に飲もう。意を決して誘いのメールを出すと、打てば響く早さで「ありがとう」と返ってきた。

待ちあわせたのはチェーン店の居酒屋で、気軽にカウンター席に並んだ。ビールとつまみをいくつか頼み、話の切り出し方に迷っていると、久保田さんの方から「あのね」と笑いかけてくれた。

「シマダ書店を気にするのは、私のほんとうに個人的な思いからなの。話すのは照れくさいけど、ちゃんと言った方が、井辻くんにもよけいな気遣いをさせないですむかもしれない」

そういってこの前のように鞄から封筒を取り出した。

「ウエディングドレスじゃないから安心して」

明るい笑みを添えて差し出す。受け取った写真には、久保田さんと女の子が写っていた。ピアノの鍵盤の前で、女の子はちょこんと椅子に腰掛け、久保田さんは後ろに立っている。背景からすると自宅のリビングだろうか。

「結婚相手に子どもがいたというのは話したでしょ。これがそのマリちゃん。意外なことにね、私とすごくウマが合ったの。それこそ、結婚前には周囲にずいぶん心配された。東京から新潟に移り住むこと。自分の仕事を辞めてしまうこと。もうひとつ、なさぬ仲の女の子がいたこと。だけどマリちゃんはほんとうになついてくれたの。実のお母さんを三つのときに亡くしてほとんど覚えていない、というのもあったのかもしれない。私はほら、これでも手先が器用じゃない？　一緒に暮らすようになってから、セーターや手袋を編んだり、カフェカーテンを縫ったり、ピアノのお稽古バッグも、発表会の曲にちなんで子犬や音符を刺繡で入れて作ったり。マリちゃんはそれこそ、手品師の手品を見るように目を輝かせてくれたの。すごく楽しかったな。一緒にお店の手伝いもしたのよ。バックヤードで返本の箱詰めをするくらいだけど」

久保田さんは写真を懐かしそうにみつめ、口元をほころばせた。

「縁がないまま独身で三十も後半になって、自分の子どもを持つことはもうあきらめていた。いなきゃいないで、なんとでもなるものよ。けれど思いがけず、義理とはいえ子どもができて、ほんとうにかわいかった。何もかもがうまくいってたわけじゃなく、ときどき行き違いや空回りもあったんだけど、それらを差し引いてもいい思い出の方が多かった。私のことをね、『お母さん』って呼んでくれたのよ。あとにも先にも、私の人生であの子だけ。離婚を決意したとき、どれだけ心残りだったか」

「なぜ、別れたんですか」

思わず尋ねると、久保田さんは一瞬ひるんでから口にした。

「浮気よ」

「旦那さんが?」

「他に誰がいるの。私よりずっと若くてきれいな女の子と、浮気してたの。ひどいでしょ。あんまりでしょ。とてもじゃないけど我慢できなかった。今から思えばコンプレックスもあったのよね。私、容姿に自信がなくて、相手より年上だったし。こらえてもう一度やり直すことがどうしてもできなかった。ちょうど母が入院したこともあって、クリスマス前の十二月半ば、逃げるように帰ってしまった。意気込みとは裏腹に、たったの四年で私の結婚ライフは破綻したの。それはしょうがないと思ってる。だけどマリちゃんのことは今でも切なくなるの」

そう言ってビールを飲み干し、久保田さんは焼酎をロックで注文した。だし巻き卵とサーモンロールを食べ、運ばれてきたロックで喉《のど》を潤す。

「別れの朝、目に涙をいっぱい溜めていた。『お母さん』と言ったきり、うつむいて。あの子が六年生のときよ。一緒にいたのは二年生から六年生までの四年間。離婚の原因もうすうす勘づいていたんだと思う。だから、私を責めるようなことは一度も言わなかった。ただ、寂しいって。リース作り、まだ途中なのにって」

久保田さんは傍《かたわ》らに置いていたおしぼりを取り、目尻にそっと押し当てた。

行ったこともない土地の見たこともない書店なのに、智紀にとっても急に身近に感じられる。自分の中の記憶を総動員し、勝手にシマダ書店を思い描く。久保田さんはそこに営業バッグを抱えて訪問した。ひばり社の注文書やチラシの詰まった年季の入ったバッグだ。そしてひとりの男性と出会い、家族を作った。背中を向けて去ってきたとしても、四年間の月日が無に返ったわけではない。

「ひょっとして久保田さんが言ってたブログというのは」

「うん。マリちゃんのなの。一年くらい前になるかな。たまたまみつけた」

道理で探せなかったはずだ。通常使われているような書店用語では、キーワードにならなかったのだろう。

「そこに書店のことが？」

「はっきりとは書かれてないんだけれど、四、五ヶ月前から様子がへんで、何かあったのかなと思っていたのよね。そしたら最近の日記に、近所の人や長くいるパートさんの噂話として、ぎょっとするようなことが載ってた。このままだと店が潰れかねないとか、老舗だからって油断していたのがいけない、とか。マリちゃん自身が聞いてしまったようなの」

なるほどとつぶやいてうなずく。シマダ書店に寄せる久保田さんの思いがはっきりわかったところで、智紀にしても状況を話しやすくなった。

地元の有力者が態度を変えた理由はわからない。書店の経営者もなんとかしようと思っていたようだが、飲み会の席でさらに関係がこじれてしまった。「東京の奥さんをもらって失敗した」という辛辣な言葉は、久保田さん相手に言いづらかったけれど思い切って打ち明けた。

「橋詰さん、そんなことを」

「さっきの久保田さんの話からすると、『山内一豊を見習え』というのはわかりますよね。土佐藩の藩主のことを、なんで新潟の人が言うのかと思ったけれど、山内一豊はかなりの愛妻家だったと思います。世継ぎが生まれなかったのに側室を持たなかったと、何かで読んだことがあります。離婚の原因を考えれば、『見習え』という言葉は的を射てますよ」

なんといっても「夫の浮気」なのだから。

「橋詰さんは、前から知ってたんですか？」

「どうかしら。少なくとも私は言わなかった。橋詰さんだけでなく、他の誰にも」

「ひょっとして最近、知ったのかも」

「それが仲違いの理由なの？　まさか」

「他にもあると思いますよ。怒らせてしまった理由。でも感情的になっているときに離婚の原因を知ったら、ますます心証が悪くなるんじゃないですか」

久保田さんはぎゅっと唇を結び、カウンターに置いていた手にも力を入れた。

「私も関係しているのね」

「ちがいますよ。問題は大本《おおもと》の理由です。そっちを考えましょう」

「どうやって？　最近のあの店のことは何もわからないのよ」

「身近すぎて、まわりの人たちが見落としていることがあるかもしれません」

ふたりは似ていると言った久保田さんの言葉も頭のすみに引っかかっていた。遠く瞬く星のようにちかちか点滅する。

橋詰さんという人は、文芸が好きで郷土愛に燃え、口先だけでなく書店をいろいろ守《も》り立てていたらしい。飲み会での衝突というのも、浮気男に対して愛妻家である山内一豊を引き合いに出したなら、それなりに筋が通っている。

そういう人と久保田さんの元夫は似ている――。

「案外、ちょっとした行き違いじゃないですか。橋詰さんは本気でシマダ書店が潰れてしまえばいいと、思っているでしょうか」

「絶対ないとは言えないわね。どれくらいの怒りなのかわからないし。ただ、浮気のことを知って怒ってくれたなら、なんだか橋詰さんらしいと思った。私の知っている橋詰さん。だとすると書店とけんかなんて、本人が一番寂しいんじゃないかしら」

「久保田さんの元旦那さんは、けんか別れのままでいいと思っているでしょうか」

すぐに首が横に振られた。

「ううん。売り言葉に買い言葉でやり合ったとしても、こたえていると思うわ。お義父さんが病気で倒れてからは、何かと頼りにしていたもの」

智紀はうなずき、残っていたビールを飲み干してからもう一杯、注文した。ついでに焼きそばも頼む。しっかり食べて帰宅しよう。行き違いの理由を探るべく、まずは手がかり探しから始めなくてはならない。

気づいたことやわかったことがあったら、互いに連絡を取り合うことを約束して、智紀は久保田さんと別れて帰路についた。ひとり暮らしのアパートに戻ると大事なジオラマ作品に挨拶したのち、パソコンの電源を入れた。

まずは久保田さんの義理のお嬢さん、「マリちゃん」のブログ探しだ。十年前に結婚したときは小学二年生。八歳だとすると、現在十八歳。高校三年生だろうか。新潟、書店、学校といったキーワードの中に、ピアノも入れてみる。うまくいかず、久保田さんの話を思い出して、子犬、ワルツ、発表会で検索。さらに手作り、リース、刺繍なども交ぜて、いろいろ組み合わせを変えていくうちに、これはというのが出てきた。

ブログのタイトルは「本と音符と刺繍糸」。そのタイトルと、左上に表示されている小さな写真を見たとき、久保田さんの抱えている切なさがあらためて胸に迫った。白っぽい布地に赤い刺繍糸で、子犬と音符と読みかけの本が描かれている。久保田さんの作ったお稽古バッグではないのか。さらに、松ぼっくりやどんぐり、ひいらぎの葉で飾られたリースが添えられている。

わざわざこの写真を載せているということは、女の子にとっても、久保田さんと共に過ごした四年間が特別なものだったにちがいない。

「久保田さんがいてもたってもいられないはずだ」

思わず独り言をつぶやいてから、彼女のブログをさかのぼって読んでみた。開始されたのは一年ほど前で、聴きに行ったコンサートや買ったCD、学園祭の様子、テストのどきどき、はまった漫画など、週に一、二回のペースで書かれている。

　半年前までは、ゆるゆるとした女子高生らしい日々のエピソードばかりだが、次第に家業を案じる内容が増え、「ほんとうに潰れてしまったらどうしよう」という不安が綴《つづ》られていた。

　将来についての悩みもいろいろあるようで、「そういう年頃だよなあ」とおじさんめいたことを思いつつ、具体的なことが書かれていないのでもめ事の手がかりはみつけられなかった。

　続いてシマダ書店をめぐる他のエピソードがネット上にないか、検索してみる。気になったものがふたつ出てきた。

　ひとつはずっと探していた手芸の本をゲットしたという日記で、出版社がひばり社になっている。小躍りしているような内容に、同好の士らしい人から「どこでみつけましたか」というコメントがつき、返事に、新潟にあるシマダ書店と答えている。

　日付からするとごく最近、店頭でみつけて購入したらしい。

　もうひとつはかなり高齢の人の日記で、こちらはさっぱり元気がない。越後に根ざした活動を続ける文筆業の人だそうで、シマダ書店に立ち寄り、いつもの場所に行ってみたところ目当てのコーナーがなく、店員に尋ねようにも店員がみつからず、杖をつきつつ立ち読み客をかきわけ、雑誌のラックに躓《つまず》き、平台によろけ、新書の棚にしがみつき、絵本から聞こえた突然の犬の鳴き声に、心臓が止まるほど驚いたとのことだ。富士山の樹海で遭難しかかったような書きっぷりは、ある意味ユーモラスで苦笑さえ誘うのだが、本人はいたって真面目に嘆き、とうとう自著を探しあてられないまま断腸の思いで売り場から立ち去ったとある。

コメントがいくつもついていた。慰めの言葉あり、励ましあり、自分も似たような目にあったとのぼやきあり。日記の主からコメントへの返事には、「あなたのはまだありますよ」というのがあった。「そうですか、今度街に出たときに寄ってみます」「そのときなかったら、すみません」「いいえ。これもご時世でしょう」「なかったら、売れたということですよ」「だといいんですが、寂しくなります」「これからの人が気の毒」、そんなやりとりが続いていた。

発言者の中にサイトを持っている人がいたのでリンクをたどってみると、そこでも似たような会話が繰り広げられていた。ローカルなネタではあるが高齢者だけでなく熟年層も加わり、女性らしき人もいて、中には過激な発言も交じっていた。

ふと気になり、智紀はシマダ書店のホームページに飛んでみた。トップ画面からお知らせのページをクリックして画面に表示する。

一年前からの新着情報をひとつひとつ読み返し、

「まさかね」

五ヶ月前のニュースに目がとまった。さっきの日記につけられていたコメントと返事。その中の「まだある」という言い方や「これからの人」という言葉に、シマダ書店の店内写真が重なった。リニューアルされてきれいになった本店の売り場だ。什器《じゅうき》が一新され、レイアウトも変わった。ベストセラーが新しい陳列台にずらりと並び、飾り付けにも熱がこもっている。文庫、新書のコーナーが広げられ、ビジネス書や実用書も品揃えを充実させたようだ。

新しくなった売り場は明るく若々しい雰囲気になり、通路も広くなっている。小さいながらも新たにキッズコーナーが設けられ、かわいい椅子やテーブルがお目見えしている。文具コーナーもきちんと独立させた。見やすく探しやすくを心がけたという店の弁は、なるほどとじゅうぶんうなずけるものであった。

その一方、ひとつだけどうしてもみつけられないコーナーがあった。ご丁寧に過去のフロア案内も載っている。ふたつを見くらべ新しい方になじんでください、という意図らしい。だからよけいに目立つ。なくなったわけではないだろうが、レジ前の特等席の場所から、おそらく縮小され、探しにくいところに移されたのだろう。前の配置図には載っているのに、新しいものには記載がない。そのことからしても、配慮が手薄だったとうかがい知ることができた。

まだ決まったわけではないけれど、もしも原因がこれならば、なんて単純なすれ違いなのだろう。

翌朝、携帯に電話して真柴に昨夜の思いつきを話すと、案の定「なんだそりゃ」と冷たくあしらわれた。

「可能性としてあるかもしれないと思ったんですよ」

「そんな理由だったら、ちゃんと話してるだろ」

「言いにくいんですよ。どうやら自分でも本を出されているようなんです。自著を置いてもらえないから拗ねて怒ったとは、思われたくないじゃないですか」

「拗《す》ねたり怒ったりのレベルか？　援助の打ち切りをちらつかせるなんて、恩着せがましいを通り越して脅しだよ。自著を外されたくらいでそこまでするの？」

もっともな見解だ。でも、自信があるなしとはちがうところで食い下がった。

「郷土コーナーには、熱い思い入れを持つ人が数多くいるみたいなんです。橋詰さんって人も、自著を外されただけで憤慨したのではないと思うんです。ずっと郷土史や郷土文芸に力を注いできた人なのでしょう？　諸先輩方に敬意を表し、後進の育成にも力を注ぎ、地道な活動を続けてきたんじゃないですか。ぼくにもよくわかりませんよ。地方文化うんぬんって。でも地方の書店には、地方なりの愛され方があるのかもしれない。大事にされたり、頼りにされたり。そしたら書店の方にも責任や使命があったりしませんか」

電話口の真柴が黙り込む。切れてしまったのだろうか。あまりにも乱暴な推論だっただろうか。

「言いにくいねえ」

やっとぽつんと返ってくる。

「ないがしろにされたと思ったのか。すみっこに追いやるなんてひどいじゃないかと、リニューアルを見てすぐに思った。だったら率直に言えばよかったのに口に出しづらかった。察してもらいたいとは思ったかな。遠回しには抗議したのかもしれない。でもシマダ書店の経営者は気づかなかった。だんだん腹が立ち、あっちもこっちも気に入らないことが目につき、感情的になっていく。ありえないことではないかもしれないね」

「真柴さん」

「そんな声、出してもだめだよ。君の思いつきに乗ったわけじゃないから。可能性と言われれば、ゼロとも言い難いと思っただけだ」

「それでもいいです。ありがとうございます」

「だから、嬉しそうな声を出さないでほしいな。無理難題を押しつけられるのはパス」

わかっていますよと智紀も努めて朗らかに言った。

「考えたんですけれど、どういう店作りにするか、レイアウトやストックを決めるのはやっぱり経営者ですよね。部外者が押しつけるものではないと思います」

押しつけた先の責任を、部外者では取れないのだ。

「どうしたの、たった今、熱く語っていたのに」

「どの本にも思い入れってあるでしょうから、言ってたらきりがないだろうなって。ただその、わかった上で置かないのと、わからず置かないのとでは、ちがいますよね」

「ん？」

きちんとした考えがあっての配置換えならば、しょうがないということだ。

「なんか、いやな風向きだな」

「ぜんぜんそんなんじゃないですよ。でももしも気づいてなかったら、とても残念です。真柴さんならさりげなく上手にうっかりしている事柄について、話せるだろうなと思っただけです。

抜群のトーク力ですものね。いつもそう言ってるじゃないですか」

「ほら、おかしな風向きだ。万が一、研ぎ澄まされたトーク力を発動させるとしたら、久保田さんのためだからね。君のおねだりに付き合う義理はないから」

おねだり？　他に言い方はないのか。おい。噛みつきたくなったがぐっとこらえた。

じっさい真柴ならば初対面の相手にも巧みに合わせ、にっこりのほほんと地元愛チームの思いを伝えてくれそうだ。

「でもな」

「はい」

「郷土コーナーを特等席に復活させたとして、もと通りになるのかな。君の想像が当たっていたとしてだ、久保田さんの元旦那さんにしてみたら、レイアウトを変えただけで大変な目にあったことになる。理由も言ってもらえず、経営の危機が囁かれるような脅しをかけられ、おまけにプライベートな問題に思い切りの罵詈雑言《ばりぞうごん》を浴びせられたんだ。それこそ、しこりが残らないか？　力に屈して戻したとしたら、郷土愛の人たちだって素直に喜べるんだろうか」

携帯を持つ手に力を入れ、智紀はうなずいた。

「ぼくもすごく同感です。だからもうひとつ、真柴さんにお願いしたいことがあるんです」

「まだ？　さらに仕事を増やす気か」

「すみません。ほんとうにあとひとつ。お願いします」

電話相手だけれど姿勢を改め、発する言葉に力と願いを込めた。昨夜、自分に向かって手を合わせた久保田さんの気持ちに少しでも近づくように。検索してみつけたブログを思い出すと、澄んだピアノの音色が聞こえてくるような気がした。

真柴と会ったのは翌週の火曜日だった。頼みごとをしたところで、結果報告は東京に戻ってからねと言われていた。智紀にしても異存はまったくなかった。

書店まわりを五時で切り上げ、駅前のコーヒーショップに急ぐと、すでに真柴は窓際のカウンター席にいて、智紀に向かってひょいと片手をあげた。

「すみません、待ちましたか」

「ううん。ちょっと早く着いただけだよ」

となりが空いていたので座らせてもらう。カウンター用の高めの椅子だ。鞄を床に下ろして両足ではさみ込み、顔を上げると目の前に暮れかかる街角が見えた。

「シマダ書店の社長は島田さんっていうんだよ」

「ああ、苗字が由来ですか。地名などではなく」

久保田さんとは具体的な名前を出さずに話していた。

「名刺をもらって、今のひつじくんと同じことを言っちゃったよ」

「ぼくは、井辻ですけれどね」

ホットコーヒーをすすりながら、真柴と島田さんの名刺交換を思い浮かべる。営業マンとして書店員さんとの結婚を夢見る男と、書店員として営業ウーマンと結婚した男の対面だ。

「営業用のスマイル全開で、リニューアルされたフロアを褒め称えたよ。まんざらお世辞ではなく、なかなか感じのいい店だった。素直な感想を言えばよかったから助かった」

そして？　という智紀の目に、ふふふと笑う。

「それなりにうまくやったつもりだ」

「ありがとうございます」

「佐伯書店の新刊プッシュだよ」

訊き返す一瞬の表情に、真柴が目尻をくっと下げる。

「遊ばないでください」

「ぼくは佐伯の営業マンなんだから当たり前じゃないか。ご挨拶したのちに、一緒に文芸書コーナーを見てまわり、文庫の棚へと移動した。そのそばにちょうど郷土コーナーがあってね。地元を大切にするのは老舗の心意気だと言っておいたよ。他にもいろいろ。途中から顔つきが変わって、考えこんでいるようにも見えた。よくわからない。ただの気のせいかもしれない。そこから先のことは何も知らないよ。先方に任せるのでいいんだろ？」

「はい」

真柴もコーヒーをすする。ほっと息をついた。ガラス窓の向こう、右に左に行き交う人々を眺めながら、その横顔はもっと遠くのものをみつめているようだった。

「楽しそうな人だったな。カラオケで尾崎豊とサザンを歌いそうな人」

「四十代の男の人はだいたいそれじゃないですか」

「唐揚げとたらこスパゲティと豚汁が好きなんだ」

「本は？」

智紀の問いに、うん、と頭が動く。

「それについてはバイヤーの山室《やまむろ》さんに頼んでおいた。五年前、ひばり社の本をごっそり引き取ったそうだ。だからあの店には今でもひばり社の本が並んでいる」

それがどういう意味なのか。部外者があれこれ思っても仕方のないことだ。事実は事実として、新潟のシマダ書店という店では、倒産した出版社の本が未だに現役で活躍している。それだけ。でも「それだけ」をやってのける人はほとんどいない。

「山室さん、近いうちに機会を作り、橋詰さんに話してみると言ってくれたよ。長いことシマダ書店を担当してきて、ひばり社の本については、不思議に思っていたそうだ。島田さんは誰にも理由を言わなかったんだね」

二度目の妻とひとり娘が仲むつまじく暮らしているのを、知らないわけではなかったのだろう。せっかく築き上げられていたものを自分が壊してしまったのだ。後悔や反省があっただろうか。彼は黙って縁《ゆかり》の本を棚に並べた。

橋詰さんにも複雑な男心が伝わればいいなと思う。罵詈雑言で責め立てねばならない相手かどうか、今一度考え直してほしい。郷土コーナーを移動させたのも、少しでも売り場が活気づくよう変化の方に力を入れたのだろう。いろんな意見を取り入れながらの試行錯誤はあっていいはずだ。

「その後、島田さんは独り身なんでしょうね」

「ひつじくんはそう思うわけ？」

「マリちゃんっていうお嬢さんは、気を遣うタイプの子だと思うんですよ。もしも三度目のお母さんがいたら、ああいうブログのタイトルはなかったんじゃないかな」

「手招きしているようなタイトルだよね。気のせいかな」

本と音符と刺繍糸。

「久保田さん、一度見に行ってみればいいのに」

ひばり社の在庫がすべてなくなってしまう前に。

「今度、ふたりからすすめてみようか」

真柴はそう言って笑い、自分の携帯電話を開いた。ボタンを操作し写真を表示する。差し出されのぞきこむと、書店の棚らしき場所に、ずらりと同一シリーズの本が並んでいた。どれも厚みは薄い。せいぜい一センチ。下の方に会社名が入り、そのすぐ上にロゴマークがついている。きっとひばりの絵柄だ。タイトルはパッチワークがどうのこうの、手編みの基本、モチーフつなぎ、そういうもの。

減ったとはいえ書店は全国にまだまだたくさんあるけれど、世の中広しといえども、ここだけだ。この棚だけだ。

小鳥がやさしい歌をうたっている。

君とぼくの待機会

「いいもん」

三十近い男の口から聞いて、気持ちのいい言葉ではない。

「いいもん、いいもん」

連発しないでほしい。丸橋堂《まるはしどう》という老舗《しにせ》書店の文芸書フロアだった。いじけて身をよじらせようとしている男は細川《ほそかわ》という、名前に反してまるまるふくよかな営業マンだ。手にした注文用紙が十センチばかり横にずれる。本人の意図するような大げさな嘆きのポーズには至らない。

「東々賞《とうとう》がなんだよ。たくさんある賞のうちのひとつじゃないか。これから松風賞《まつかぜ》もあるし谷《たに》村《むら》賞だってある。そっちでぶっちぎりの受賞をすればいいだけのことだよ。だいたい、うちのアレが入らないなんてどうかしている。何かの呪い？　それとも悪夢？　おかしすぎる」

「細川さんってば、日本にいくつ版元があると思っているんですか。ノミネートされない方がずーっと多いんですよ。言い出したらきりがないですって。うちなんか、今回が初めてですよ」

「そりゃそうだけどさ。毎回落ちると口惜《くや》しくてつまんないけどさ。今回は特別だよ。ここにいるみんなの担当している本が選ばれ、ぼくだけが蚊帳《かや》の外なんて。話題作がなかったならともかく、ちゃんとあったじゃないか」

「わかってますよ。だから静かに。ね、営業妨害になりますから」

文芸書担当の書店員さんが席を外しているとのことで、フロアをぶらぶらして待っているうちに、なじみの営業マンが自然と集まった。ちょうど今朝、日本有数の文学賞「東々征治郎賞《せいじろう》」略して「東々賞」の候補作が六点、発表になったばかりだった。智紀《ともき》の勤める明林書房《めいりんしょぼう》の本もこのたび初めて候補に入り、社内は華やかに浮き立っていた。

じっさいのところ内示は十数日前にもたらされていた。津波沢陵《つなみざわりょう》先生の著書『オリーブの葉陰』がそれだ。水面下で準備が始まり、いろいろ初めてずくめでまごつきながらも、今朝、正式発表を迎えた。これからさらに忙しくなりそうだ。

今回のノミネートには智紀だけでなく、「マドンナの笑顔を守る会」のメンバー、真柴《ましば》や海道《かいどう》、岩淵《いわぶち》の所属する出版社の本も入った。細川のところがもれたのはたまたまで、よくあることなのに、子どものようにいじけて恨みがましい視線をよこす。

「おい、さっきから何ごちゃごちゃ言ってるんだよ。さっさと平台《ひらだい》を片付けろ。これから東々賞ノミネートフェアをやるんだからな」

「そうそう、関係ない本はどかしてもらわないと」

「残念だったな。ストッカーの中の本も、返本にまわしといてやろうか」

智紀以外の三人は容赦なく言い放ち、太川《ふとかわ》もとい細川は再びオーバーに嘆き悲しんだ。

「触らないでください。賞に関係なく、うちの本は売れるんです！」

気持ちはわからなくもない。文学賞はふつう何月何日から何月何日までと期間が区切られ、その中で上梓《じょうし》された新刊の中から、主催者サイドの趣旨にあったものが数点選出され、ノミネート作として世間に公表される。これはいわば予選であり、受賞作を決める本選は前もって定められた複数の選考委員が一堂に会し、協議の上、決定する。選考委員はベテラン作家が務めるのが一般的だ。

明確な判断基準があるわけではないので評価を下すのが難しく、選考会で意見が割れるのはよくあること。結果として受賞作が出ない場合もある。その前の予選にしてみても、どれとどれが候補に入ったかで毎回、納得の声もあがれば、不平不満のブーイングも起きる。

特に、注目度の高い東々賞はそれが顕著だ。ノミネートされただけでさまざまな利点が生まれる。出版社も書店もここぞとばかり、販促に結びつけるべく世間の関心を煽《あお》り、作者の知名度は跳ね上がる。晴れて受賞ともなれば実売がぐっと伸びる。貴重な好機を手に入れるか、逃すか。目の色も変わるというものだ。

智紀にとっては初めての経験で、やっとみんなの仲間入りができたようで嬉しい。今までずっと指をくわえて見ていたのだ。

該当作は往年の流行作家、津波沢陵の復帰後第二弾で、長いこと賞の類から遠ざかっていた人だ。ノミネートの知らせに本人もいたく驚いたらしい。高齢ではあるが、異色の候補者としてこれからどんどん注目を集めてほしい。

わいわいやっているところに、文芸書担当の書店員さんが現れた。

「待たせてごめんなさい。わあ、いいメンツねえ。今日のところはそう言っといてあげるわ。

私の笑顔の意味、もちろんわかるでしょうね」

それはもう、と言いかけて、みんな曖昧《あいまい》にへらへら笑う。相手はこの道十数年という古株だ。

「朝からもう問い合わせが入っているのよ。これから十日間、しっかり盛り上げていかなきゃね」

「よろしくお願いします」

これはきれいに声がそろった。曖昧な顔になるのは、書店側の注文に応じきれなくなるのが目に見えているからだ。

知名度の高い東々賞とあって、すでに新聞やテレビなどのマスコミに今回の候補作が取り上げられている。華々しく店頭を飾れば売り上げも期待できるだろうが、問題は在庫だ。

何の前触れもなく突然決まるので、出版社の方も在庫は乏しい。ノミネートされるくらいなので、人気作家の作品であったり、話題作、問題作であったりして、通常の本より初版部数や重版の回数が多かったりするけれど、全国の書店につつがなく回せるほどの物量は通常ありえない。

内示を受けて急遽《きゆうきよ》、重版の手配はしたものの、あくまでも今の段階はノミネートであり、受賞を逸すれば返本されることも考えられる。バランスを考えながらの重版部数となり、よけいに書店の注文数に応じるのは厳しい。

「今回は顔ぶれも面白いし、内容もバラエティに富んでいるでしょ。いい足がかりにしなきゃね。むずかしいと思うけど、なるべく切らしたくない。ちょっとでも入れて。よろしく頼むわ」

「うちの、早くも明日には重版があがってくるんですよね」

スキンヘッドを輝かせて海道が言った。羨望が集まる。

「素晴らしい。最高のタイミングじゃない、海道くん」

「いやでもそれがですね、内示前の重版だったんで、抑え気味にしちゃったんですよ。だからこう、大きく胸を張れなくて」

「おまえんとこだと、くるとしたら安長《やすなが》さんだろうからな。そう読んでたんだろう?」

ギャング団のボス、かくあるべしという強面《こわもて》の岩淵がぎょろりと目の玉を動かす。

「安長さんでなく、亀村《かめむら》さんとはな。時代小説はそこにきたわけだ」

「決まったからにはしっかり亀村さんをプッシュしますすよ。これでノミネートは四回目ですからね。そろそろパッと花を咲かせなきゃ」

「千や二千の重版をしといて何を言う。今回はうちの鶴巻《つるまき》さんで決まりだ。初版で五万、その後二万、三万と版を重ねている。人気作家な上に、候補作は人間の業《ごう》に踏み込んだ大作だ。鉄板だな、鉄板。誰も文句は言うまい」

「岩さん、お言葉ですが、ビギナーズラックを甘く見てもらっちゃ困ります。うちの影平《かげひら》さん、初ノミネートは絶対に台風の目になりますよ。業界的にもここらで、ぴかぴかの若手スターがほしいでしょ」

「バカな。いいか真柴」

自信たっぷりに岩淵が顎をしゃくる。

「物事にはストーリーというのがあるんだよ。影平さんはいい。いずれ取るだろう。そりゃおれにしたって大歓迎さ。ただ今回は顔見せだな。あるとしたら次だ」

真柴が「うっ」と顔をしかめ、口惜しそうに歯がみする。黙っていられず智紀も割り込んだ。

「待ってください。うちの津波沢先生だってじゅうぶん可能性はありますよ。作品の評判だってすごくいいんですから」

みんなの視線が音を立てるように集まった。あまりの気迫にのけぞりそうになるが、必死にこらえる。

「ノミネートされたからには同じ土俵に上がったということです。うちは何がなんでも津波沢先生押しでいきます。帯だってほら、もうちゃんとできてます」

威圧してくる「守る会」の面々を押し返す気持ちで胸を張り、智紀は鞄の中から細長い紙の束を取り出した。伝家の宝刀を抜く気分だ。内々に知らせが届いてから、大急ぎで作った特注の帯で、「東々賞、ノミネート作品!」という言葉がでかでかと入っていた。

これを今日から候補作『オリーブの葉陰』に巻いて歩く。出版社の在庫数は限られているけれど、市場に出回っている分がまだまだある。一軒ずつまわり、手作業で付け替えるのだ。

それを見て、真柴と海道と岩淵も、自分たちの鞄をごそごそ引っかき回した。出来立てほやほやの帯を摑んで取り出す。さすがとしか言いようがなかった。今日この日に、ぎりぎり間に合ってよかった。

身がまえて前に突き出し、四人で似たようなポーズを取ると、いったいなんの勝負だろう、さすがに疑問が頭をもたげた。よくわからないが、決戦の火蓋は切って落とされた……気分になる。

智紀の傍《かたわ》らで物々しい気配がした。見ると、ひとりだけポーズに加われなかった細川が膝を床につき、平台に取りすがりながら、「やだよー」とくり返していた。「いいもん」、ではなかったのか。

小説を対象にした「賞」については、大きくふたつに分けられる。

ひとつは公《おおやけ》に募集される賞だ。ジャンルや分量、年齢制限の有無、締め切り、発表形式、賞金その他の募集要項が明示され、広く作品が求められる。主催者は出版社、地方自治体、企業などが一般的で、華やかな式典が設けられていたり、賞金が出たり、原稿が本になって出版されたりと、受賞者の参加意欲をさまざまにかき立てる。プロの物書きになるための、登竜門的意味合いの賞も数多くある。

もうひとつは、プロ作家の作品を対象にした賞。雑誌に掲載される、あるいは上梓されるなどして、広く世に発表されたものの中から候補作が選出される。

前者は基準さえ満たしていれば自由にエントリーできるが、後者はそれができない。大きなちがいはここだろう。今どきは、公募の賞といってもプロアマ問わずのものが多く、一概にプロ対象、アマチュア対象ともいえないところがややこしい。作品がすでに活字化されているかどうかが、わかりやすい分かれ目だろう。

そして後者の文学賞にも主催者が存在する。後援団体であったり、スポンサーだったり。「賞」を運営するには人手も資金も必要だ。有名どころの賞にはたいてい出版社がついている。著名な文人を記念した賞が多く、表だってはその名前しか出てこないが、バックに特定の会社がいるのは周知の事実だ。どこそこの賞にはあそこ、なにがしの賞にはそこ、という具合に。

あくまでも選考基準は作品の内容――ということになっているので、どの出版社から出ていても分け隔てはない。賞の趣旨にあったものがピックアップされ、選考会にゆだねられる。内容以外の要素は加味されず、公明正大な評価が下されるのだけれども、すべてにおいて何から何まで公平かと尋ねられれば、「はい」と言い切るのはむずかしい。

そこはそれ。バックについている出版社から出た作品が有利とされているのだ。露骨に横車が押されるわけではない。他社の作品が選ばれる場合もある。関わる人々の大方の思いは文学の振興であり、業界の活性化だろう。ちょっとやそっとの裏事情ならば、ない方がむしろ不思議だ。

などなど、智紀にしても訳知り顔でうなずいたりしている。もともと賞は曖昧なもの。細かいことに目くじら立てず、さらりと流す方がスマートだ。そうではあるが今回、初ノミネートを果たしてちょっぴり複雑だ。東々賞の後ろにももちろん出版社が控えている。そして候補作を輩出しているのだ。

岩淵たちと帯を自慢し合い、店頭の数冊に巻き終えた日の午後、三軒目の書店で智紀は軽やかな笑みをたたえる女性の営業さんに遭遇した。名前は小島《こじま》さん。東々賞を後援する出版社、栄有社《えいゆうしゃ》の人だ。

今回のノミネート作は桃井兼嗣《ももいかねつぐ》さんの『叫ぶ砂』で、砂の採取、販売に絡む社会派サスペンス作品だ。これが一番の本命であることはまちがいなかった。真柴も海道も、岩淵だって認めずにいられないだろう。東々賞がほしいなら栄有社から出せ、とまで言われているのだ。

「こんにちは」

目が合って智紀が会釈すると、にこやかに返してくれる。もう一言、言い添える。

「東々賞のノミネート作、発表になりましたね」

「ああ。やっと情報解禁ね」

「うちのも入ったんですよ。津波沢先生の『オリーブの葉陰』」

知的な風貌と物腰を兼ね備えた彼女は、予備校の人気講師のように爽やかな笑みを浮かべた。自分の手にしているのが注文書ではなく答案用紙に思えてくる。よくできましたと花丸がもらえた気分だ。

「津波沢先生の新作、すごく面白かった。ぜひいつか、うちからも出していただきたいわ」

さすが、言うことがちがう。岩淵たちのようにがっついていない。もっとも、がっつく必要もないのだ。ノミネートどころか受賞作の営業だって、今まで彼女は通常業務としてこなしてきた。加えていえば、津波沢の作品が栄有社から出版される日もそう遠くないだろう。

大手と言われる老舗出版社のオファーに、そっぽを向く作家はほとんどいない。東々賞を望むなら大事な足がかりになりえる。

「候補に入ったのは初めてなんで、興奮しちゃいますよ。受賞すると、出版社にも花が届くと聞きました。ほんとうですか？」

「うん。印刷会社や製本所からお祝いが届くの」

会社同士の付き合いだ。受賞すると印刷会社や製本所にも多量の注文が入るので、いち早く「お祝い」が寄せられる。

「そういうの見たことがないので、ぜひ経験したいです」

「楽しみよね。ダブル受賞もありえるし」

「それ、いいですね」

幸い栄有社の本は今回、一点しか入っていない。現実的に考えると、それが一番ありえるのかもしれない。当然、桃井と津波沢のダブル受賞だ。

ごく平和に穏やかに談笑していると、乙川《おっかわ》出版の八木沼《やぎぬま》という営業マンが声をかけてきた。スリムという言葉を通り越し、鰯《いわし》の干物のようにやせ細ったがりがりの男だ。顔つきも、長い絶食の果てに殉教《じゅんきょう》した異国の聖人のように、彫りが深くて目が落ちくぼんでいる。

そこに彼なりのはにかんだ笑みが浮かんでいて、智紀にも声をかけてきた理由がわかった。乙川出版の本もこのたびノミネートされたのだ。

「いやーほんと、すごく久しぶりで、知らせの電話が入ったときには、みんなしていたずら電話かと思ったくらいなんですよ」

意外にも初めてではないらしい。乙川出版も明林書房といい勝負の、非・大手出版社だ。

「ここんところ、どうにもこうにも経営が苦しくてねえ。いよいよだめだと、私も次の仕事を考え始めた矢先だったんですよ。思ってもいなかった吉報でしょう? 社員一同、まさに絶句です。編集長と営業部長が手を取り合って、フロアでほんとうに踊りましたから」

目に浮かぶようだ、というのがある意味こわい。似たようなシーンが身近にあったので。

「八木沼さんのところは夢田都《ゆめだみやこ》さんの『ベンジャミンの橋』でしたね。初ノミネートの作家さんでしたっけ」

「そうなんだよ。君のところは津波沢先生だろ。嬉しいね。これでも先生の本はずいぶん読んできたんだ。取っていただきたいよ。でも本命は桃井さんの『叫ぶ砂』だもんね」

「いえいえ、まだわかりませんよ。強敵ぞろいですから」

如才ない営業ウーマンも、巧みに合いの手を入れる。

「ううん、いいの。東々賞はおたくがもっていかなきゃね。うちはしばらく楽しませてもらうよ。いい夢を見させてもらおう」

「だめですよ、そんな弱気。ビギナーズラックはありますし、夢田さんはほら、今回の候補者の中で紅一点じゃないですか」

智紀の言葉に、八木沼が「ああそうか」と目を見開く。気づいていなかったらしい。

「夢田さんはそれこそ夢の中にいるよね。だけどうちじゃあ候補になるのがやっとだ。小島さん、あとのことは頼むよ。おたくから出して、大きなぴかぴかの賞を取らせてあげてよ。将来楽しみな、ほんとうにいい作家さんなんだ」

皮肉でも嫌味でもない、素朴ゆえに心のこもった言葉に、浮《うわ》ついた調子のいいことは言えなかった。たかが賞、関係ない、興味ない、どうでもいい、知らない、やりたいやつが勝手にやればいいと、言う人は大勢いるだろう。好意的に関心を寄せてくれる人は、人口比でいったらごくごくわずかだ。

それでも賞には関わった人の数だけ、喜怒哀楽が生まれる。作者の人生を左右しかねない。少なくともノミネートされるされない、受賞するしないで、その本の運命は大きく変わるのだ。

自分の受け持ちエリアをまわり、智紀は書店にある『オリーブの葉陰』をみつけては今までの帯を外し、新しいものに付け替えた。関心を持っているからか、みんなの予想もかしましく耳に入ってくる。

東々賞を後援している栄有社の、『叫ぶ砂』桃井兼嗣。

乙川出版の『ベンジャミンの橋』夢田都。

「守る会」、岩淵の、『廃道』鶴巻伸吾《しんご》。

海道の、『つばき雲』亀村つとむ。

真柴の、『金の羽音』影平紀真《きま》。

そして、智紀の明林書房、『オリーブの葉陰』津波沢陵。

以上六点の中から、本命、対抗、大穴とレースに見立てて勝手な意見が飛び交う。

今のところ本命は鶴巻、対抗が亀村という、鶴亀合戦が話題を集めている。両方とも「そろそろきてもいい」という玄人《くろうと》意見を背負っている。ほんとうだったら筆頭に挙《あ》がるはずの桃井の勢いは弱いけれども、結局はこれだろうという根強い支持もあり、ダブル受賞にして、桃井と誰かもうひとり、という意見も多くを占めていた。

あとの三作は、ひょっとしたらの大穴狙いだ。初ノミネートの若い夢田と影平、逆にいぶし銀の味わいで津波沢。絶対ないとは誰にも言えない。

会社で持っていた在庫分はまたたくまに市中に出回り、注文に応じられないのは心苦しいが、どこに行っても明るい笑顔で話しかけられ、選考会までの数日間、まだまだにぎやかで刺激に満ちた書店まわりが続きそうだ。

そんなふうに思っていた昼下がり、智紀は思ってもみなかったことを囁かれた。

「今度の東々賞、受賞作がもう決まっているんですってね」

「え?」

「やだ、井辻《いつじ》くん、知ってるわよね。私、聞いちゃったの」

なんの話だろう。文庫の棚を任されているパートさんが、意味深な目つきと共に肩をすくめた。とりあえず乗ってみた。

「えーなんだろう。何の話です? 教えてくださいよ」

「だからもう決まっているって話よ」

「どの作品に?」

パートさんはすばやくまわりに視線を走らせ、近くにお客さんがいないのを確認してから言った。

「乙川出版の、『ベンジャミンの橋』」

他の本だったら驚きはもっと少なかったと思う。たとえば栄有社の『叫ぶ砂』ならば、どうせあそこだろうよという冷ややかな声が、多少のやっかみと共に流れて不思議はない。でなければ影平紀真という若手男性作家、彼などは熱烈なファンがいるので願望を込めて決めつける人がいそうだ。

けれど『ベンジャミンの橋』は意外だ。何気なく入った喫茶店がやけにファンシーでパステルな内装で、どこに座っていいのかわからず、立ち尽くすような気持ちになる。

動揺を抑え、とぼけるだけとぼけて店を辞した。聞きまちがいですませようか、それとも最初からなかった話にしようか。どちらが賢明かと思案していると、そこから二軒目の書店で真柴にばったり会った。

万事いい加減でいつもお調子者なのに、今日はどことなく上の空で反応が鈍い。

「真柴さん、どうかしました?」

「うん、ちょっとね」

「まさか東々賞がらみのもやもや、なんかじゃないですよね」

探るような互いの視線がぶつかった。話があると耳打ちされ、ふたつ返事でうなずく。表のコーヒーショップに場所を変えた。

紙コップのコーヒーをすすりながら、ついさっき聞いてきたばかりの話を打ち明けると、真柴は天を仰ぐように視線を上に向けた。

「やばいなあ、それ。いったい誰がどういうつもりで広めているんだろう」

「真柴さんも聞いたんですか」

頬杖をついて、おもむろに「ああ」と答える。

「ひつじくんは品丘《しなおか》書店か」

「西山《にしやま》さんです」

「ぼくは江下《えのした》書店の平島《ひらしま》さんだ。まったくちがう店なのに、内容はほとんど同じ。『すでに今年の東々賞は決まっている、受賞は乙川出版の、ベンジャミン』」

智紀は真顔で尋ねた。

「そんなことってあるんですか」

「どっちが？ 受賞作決定済みという話なら、あるわけないだろ。過去にこういう噂が流れたか、という質問でも答えは同じだね。ないよ。たぶん」

疑念がかすめて、すぐには首が縦に振れない。真柴は深く息をついて自分のコーヒーを手に取った。

「君までそんな顔をするというのが大問題だな。冷静に考えてみろよ。東々賞の選考委員は六人いる。その人たちの意見がまとまらなきゃ、受賞作は決定しない。じっさいの選考会だってお互いの主義主張が激突し、折り合いがつかずに該当作なしで終わる年だってある。誰にも予測がつかないから、あの賞は面白いんじゃないか」

「でも」

口ごもり、智紀は唇をぎゅっと結んだ。簡単には納得できない。どこの業界でも裏事情はキナくさい。

「出来レースって言葉があるじゃないですか」

「ひつじくん、君は、あの先生方のひとりひとりにコンタクトを取り、この人をお願いしますと頭を下げ、了解を取り付ける自信はあるかい？　出来レースとひと言でいうのは簡単だ。じっさい可能性はゼロじゃない。お日様が西からあがってくるよりは、ありえる話だよ。でも、別の方向からの『現実』も考えなきゃいけないだろ。選考会前に受賞作を決定するには、先生方の了解を事前に取り付けなきゃいけない。ひとりふたりじゃだめだ。最低、四人の確約がいる。むずかしくないかい？」

やっと智紀は眉と肩から力を抜いて、真柴を見返した。

「そうか。あの、先生方ですよね」

次々に顔が浮かぶ。キャリアの長い業界の重鎮ばかりで、ひと癖もふた癖もあるような個性派の面々だ。お願いの仕方から口説き落とす材料まで、仮にあったとしても、ひとりひとりちがうだろう。プライドもこだわりも半端ではない。万全を期しても、徒労に終わるどころか下手すりゃ逆鱗《げきりん》に触れかねない。頼んだ側が、業界から永久追放されるかも。発言力も政治力もある人たちなのだ。

大変な手間暇だ。

「な、想像するだけでパスしたくなるだろ。スフィンクスが六頭、雁首《がんくび》そろえているようなものだ。そこをクリアしなきゃ、受賞作は決まらない」

「レース予想で遊んでいるのが一番楽しいですね」

「ほんとだよ。何も業界の品格や良心を声高に叫びたいわけじゃないんだ。もっと直接的な無理難題が立ちはだかっている。そこを軽く見ないでほしい」

「デマか……。だけど、それならそれで、デマの流れる理由が気になりますよ」

「うん。このまま収まればいいけどな。ひつじくんだって、ひょっとしてと思うくらいの、厄介な噂話だ。危なっかしいよ」

今度は智紀もうなずき、手にした紙コップを二、三度揺らした。最初から興味のない人はいい。でも少しでも関心のある人にとって、今のこの時期、もっとも熱い話題が東々賞の行方だ。デマまでヒートアップしかねない。

「口止めしといた方がいいでしょうか」

「書店員さんに？　いや、そういうのを含めて、もうちょっと様子を見よう。下手に動くとかえって目立つ」

鎮まってくれるのが一番なのだ。そうですねとつぶやき、智紀は残りのコーヒーを飲み干した。気持ちを切り替え、もしも自分のところから受賞作が出たら、という話題に横滑りした。津波沢は真柴にとっても面識のある作家さんで、影平ならば明林書房と佐伯書店《さえきしょてん》の両方から本を出している。両方とも本命扱いしてもらってないが、取れば大きな話題になる人たちだ。

夢は膨らみ、期待は高まる。「祝・受賞」という晴れがましいキャッチフレーズを躍らせ、受賞作以外の本にも、こぞって新しい帯がかけられるのだ。新たなる「東々賞作家」の誕生に、実売を乗せていかなくてはならない。

互いの会社の戦略を探り合ったり、ほのめかしたりしながら、この日の智紀と真柴は笑顔で別れた。ノミネート告知から選考会までを祭りに喩《たと》える人は多いけど、渦中にいるとさらに実感できる。明暗分かれるまでの短い宴《うたげ》だ。

どうせなら思い切り堪能したい、デマなどに煩《わずら》わされたくない、と思っていたのに翌日の夕方、早くもつかまった。真柴から携帯にあわただしい電話がかかってきたのだ。

「今どこ？　神田《かんだ》？　ちょうどいいや、渋谷《しぶや》に来て。例の噂、海《うみ》と岩さんが聞いちゃって……」

最悪だ。すでに電話の背後がやかましいことになっている。おまけに細川の声も聞こえて、事態は混沌《こんとん》を極めている——らしい。外回りの仕事を終わらせたばかりだったので、会社に戻りたいところだったが知らんぷりもできない。地下鉄のホームにおり、覚悟を決めて渋谷方面の電車に乗った。

まるで隔離されているかのような居酒屋の一番奥の個室に、智紀がたどりつくやいなや、細川が抱きついてきた。「こんにちは」の挨拶もままならず、となりの席に押しつけられた。

「聞いてよ井辻くん、ひどいんだよ。ぼくは何もしてないのに、まるで犯人扱いなんだ。ぼくって誤解されやすいところがあるけれど、陰険なことを企むような幼稚な人間じゃないよ、ねっ」

なんの話だろう。

「岩さんたち、ぼくが悪質なデマを流してるって決めつけるんだ」

「その前におまえが思わせぶりなこと、言うからだろ」

「やりそうなやつが、やりそうなことを言ったら、やるって思うだろう。当然だ」

「ちょ、ちょっと待ってください。岩淵さんも海さんも、もっとわかりやすく順序立てて話してくださいよ。真柴さん、ひとりで何食べてるんですか。人のこと、呼びつけといて」

「生でいい？　ひつじくん。すみませーん、えっと、生五つ」

それを聞き、ジョッキにビールが残っていた人たちがぐーっとあおる。そして新しく冷えたのがやってきて、再びそれを豪快に傾けてようやくみんなひと息ついた。

「だからね、岩さんと海が三吉《みよし》書店で例の話、今回の東々賞はすでに受賞作が決まってるって噂を聞いちゃって、いろいろ心穏やかでなくなっているところに、太川が現れたんだな」

「ぼく、そんな噂、ぜんぜん知らなかったからね」

むっと頬を膨らませ、細川はテーブルの上のだし巻き卵を頬張った。

「ふつうに現れればいいだろ」

「そうだ、まぎらわしいことほざいたのはそっちだ」

聞けばそのとき細川は、集まっている面々を見てジョークのつもりで言ったそうだ。気の毒に、今回の東々賞は残念だったね、と。はっと真顔になった人たちをさらにからかうように、どうせ受賞作は決まっているもんね、と。

「そんなこと言ったんですか」

「ちがうよ、だからあれは、どうせまた栄有社の本に決まっていると言いたかっただけだよ。本命はそれだろ？　みんな思ってるじゃないか」

「でもオレが、それって夢田さんの本かと訊いたら、うんうんてうなずいただろ」

「まあそういうのも、面白いかなと思って……」

たちまち手が伸び、海道がほっぺたを摑み、岩淵の握り拳《こぶし》が頭を小突いた。

「いたたっ。ひろいよもう。はなひて」

なんだか智紀も無性に手を出したくなったけれど、こらえた。ビールを飲んで溜まっていた息を吐き出す。

「ほんとうに細川さんは冗談を言っただけなんですね？」

「もちろんだよ。正確に言えば栄有社の桃井さんに取ってほしい。再来月《さらいげつ》にうちから新刊が出る予定なんだ。ほら、受賞後第一作になるでしょ」

このときばかりは細川も肉まんのようにふっくらした顔をほころばせ、無邪気に笑った。既刊本に新しい帯が巻かれるだけでなく、これから出る本にも華やかな謳《うた》い文句が添えられる。大勢の人間が目の色を変えるはずだ。影響はさまざまなところに出る。

「岩淵さんと海道さんは三吉書店で噂を聞いたんですか？」

「ああ、びっくりしたよ。いったい誰が流しているんだろうな」

「まさか……ちがうんですよね？」

海道が探るように尋ね、岩淵がばっさり否定した。

「そんなにほいほい決まるわけないだろ。足並みそろえるなんてのが、大嫌いな人たちが集まるんだよ。選考会の紛糾《ふんきゅう》は必至で、自分がどう出るか、本人だってわかってない。事前の根回しなんてやるだけ無駄だ」

真柴と同じようなことを言ってのける。

「だったら、なんでそんなにカッカするの」

恨みがましい目で岩淵を見て、細川がアスパラの肉巻きを口に放りこむ。

「デマにしたって、今この時期ってのは悪質だ。こんなのが広まったら、ろくでもないことがいろいろ起きるぞ」

「たとえば？」

「まず書店がやる気を失う。何が取るかわからないから盛り上がるんだ。あらかじめ決められてるなんて疑いを持っただけで熱が冷める。本気じゃないイベントを誰が面白がるんだよ。お客さんの耳に入るのも時間の問題だな。人の口に戸は立てられないと言うだろ。でもって、もっともやばいのが作家さんだ。海道、この噂がほんとうかもしれないと思ったとき、すげー気分、悪かっただろ。やってられないと、毒づきたくもなっただろ。受賞するしないの明暗を、関係者はいやってほど知ってるからな。ろくでもないことがいろいろある業界だけど、受賞した本が売れて未知の読者を獲得するという、幸せな花道はまだ続いているんだ。それをわかっていて、真剣に望む人間ほど動揺する。営業もだが作家本人ならもっとそうだろうよ」

岩淵の言葉はつくづく身にしみた。智紀もひょっとしてと思い動揺したのだ。疑念を持っただけで、今までと同じようには向き合えない。心の隙間に錆《さ》びついた釘をねじこまれるようだ。そしてその釘はだんだん腐食していく。

「誰なんだろうな。噂を流しているやつがわからないと、動きようもない」

真柴がテーブルのはじにあったメニューを引き寄せ、酒のページを開いた。

「悪意があってなのか、面白がっているのか、それもわからない。いっそ太川だったなら話は早かったのにな。ここで絞めて終わりだ」

「またもう、話をもとに戻す。ちがうんだから」

「真柴さん、悪意だったらどういうのがあると思います?」

気持ちを落ち着けるためにも智紀は料理に手を伸ばし、細川が狙っていたニラまんじゅうの最後のひとつを皿に取った。

「待てよ。悪意っていうかさ、あの噂を流して得するやつっている?」

気を取り直した海道もポテトサラダをがっつり奪う。

「噂によれば受賞は夢田さんでしたね。知名度を上げることはできるのかな」

「えーっと、乙川出版か。そういう手は使わない気がするけどな」

「出版社がやるとは決まってないでしょう?」

「だったら誰? 身内? 応援のためにガセネタ流すとか?」

智紀と海道のやりとりに岩淵が割って入る。

「いや、むしろあれは夢田さんに不利だろ。へんな噂が広まり審査員の耳にでも入ったりしたら、心証が悪くなりかねない。とすると逆に、夢田さんを牽制《けんせい》しているやつの仕業かもしれない」

「岩さん、毎年流れるレベルの裏情報って、何か聞いてます？」

審査員ひとりひとりの個人的な動向だそうだ。それこそ噂話として囁かれるらしい。真柴が説明してくれた。ちょっとした言葉尻を捉えての臆測ばかりで信憑性《しんぴょうせい》に欠けるけれど、こういったものは毎回、何かしら出てくるとのこと。

「おれが聞いた話じゃ、某先生が津波沢さんに大恩を感じていて、入れるんじゃないかとか、某先生が影平さんを『あの若造』と嫌っているとか、某先生があるインタビューの中で桃井さんをべた褒めだったとか、それくらいだな。夢田さんの話はあまり聞かない。真柴はどうよ」

「影平さんのは聞きました。例の先生ですよね。鶴巻さん贔屓《びいき》の先生もいますよ。あくまでも噂ですけれど。夢田さんについてはぼくも知りません。ノーマークな人ですね」

「だな。いよいよわからない」

有力候補でもない人の足を、引っ張ろうとする人がいるだろうか。夢田都は今年三十二歳になる女性の作家だ。文学界ではまだまだ若手の部類に入る。デビューは八年前になるので新人とも言い難いが、東々賞には初ノミネート。もしも取れれば飛躍のチャンスになる。仕事の口が増え、活躍の場も広がるだろう。先々の保証がなく収入が不安定な小説家にとって受賞は大事なキャリアだ。

真柴が頼んだ焼酎がボトルでやってきた。氷とお湯も運ばれてきて、最年少の智紀がみんなのわがままを聞いて作るはめになる。毎度のことだ。マドラーでくるくるかき回しながら、六人の作家たちは今ごろどんな夜を過ごしているのか、ふと気になって透明な液体をしばし無言でみつめた。


あやしげなデマの話は一応、会社の上司である秋沢《あきさわ》に報告した。箝口令《かんこうれい》を敷いた上で、さっそく営業会議で取り上げられた。

けれど智紀以外の営業マンで、耳にした者はいなかった。岩淵たちの話を考え合わせると、複数の書店員が口にしているのはまちがいない。同一チェーン店ではなくまちまちだけれども、エリアは限られているらしい。

噂を聞いたら報告することと、広めないよう注意を促すことを話し合い、会議は終わった。

いつもの業務——書店まわりに出かける用意をしていると、編集部から内線電話がかかってきた。呼び出される形で二階の小部屋に行くと、今はばりばりの編集者、その前は優秀な営業マンだった吉野《よしの》が待ち構えていた。

仕事ができる上に容姿も上等で、女性の書店員さんに多くのファンを持つ人だ。そのおかげで「マドンナの笑顔を守る会」の人たちから目の敵にされていたようだが、当人はまったく意に介さない。そうだろうなと智紀も思う。もてる男は、もてるための努力をしなくても、余裕でもてるのだ。

「忙しいところ、悪いね」

「いいえ。吉野さんこそ、津波沢先生がノミネートされ、何かとあわただしいでしょう？」

「慣れないことがあるからね。先生が大らかに構えてらっしゃるので助かるよ。昨日も新聞の取材だったんだ。新しいスーツを着てらして、晴れやかな顔でレンズにおさまっていた。見守っていたこちらの方まで、ひと足先に華やいだ気分になったよ」

明林書房からの初ノミネートということは、ここで働く人たちにとっても初めてずくめだ。営業もそうだが、もちろん編集部も。担当編集者である吉野は、大喜びの社長の相手までしているらしい。

「先生のおかげでほんとうにいい経験をさせてもらっている。でもその先生がね、昨日の帰り道、気になることを話されたんだよ」

もしやという予感が走った。智紀の顔つきを吉野は見逃さない。

「何か聞いてる？　東々賞のことだ」

「変なデマなら聞きましたけど。すでに受賞作が決まっている、というのです」

「知ってるんだ。先生はそれを中石《なかいし》書店の人から聞いたらしい。西新宿《にししんじゅく》店だ。井辻くんが担当してる店だから、ひょっとしてと思ったんだよ。ずいぶん広まっているのかな」

「いいえ、まだそれほどでも。つい今し方、営業部の会議でも話し合いがあったんです。ぼく以外の人はまだ聞いてないみたいです」

吉野はほっとしたように息をついたが、表情は曇ったままだ。智紀も負けずに眉を寄せた。

「うちではぼくだけですけど、真柴さんも岩淵さんも海道さんも、やはり書店員さんから聞いてます。複数の、ばらばらの書店ですよ。今の中石書店、西新宿店も初めての情報です」

「それはまずいな。いや、津波沢先生だったからそれでも落ち着かれていると思うんだ。内心はさぞかし不愉快だろう。他の作家さんだったらもっと露骨に腹を立てそうだ。噂の出所、わかってないの?」

「さっぱり。秋沢さんも今はとにかく噂を鎮める方にって」

「まあ、そうだよね。これ以上広めないのは大事だ。でもうやむやなままでいいのかな。これまでも、こんなことはあったのかな」

不満顔で言う吉野に、今度は智紀が首を横に振った。

「ないみたいです。事前に決まるなんてまったくのデマなのに、鵜呑《うの》みにする人も出てくるだろうから、賞そのものの信用度が落ちる、やる気を失う人が大勢出てくると、岩淵さんが心配していました。作家さんの動揺も激しいだろうって」

「さすが岩さんだ。ただの流言飛語だとみんなにわかってほしいよ。ぼくはそうだな、他の候補の編集者に連絡を取ってみようかな。今どきは作家さんが個人的に書店の人と親しかったりするから、直接噂を聞いてしまうかもしれない。津波沢さんのように」

「あと三日ですね」

しみじみ口にする。

「何事もなく選考会を迎えたいですよね。吉野さんは待機会も仕切るんでしょう?」

賞の結果が出次第、候補者のもとに連絡が入る。その連絡を待つために、「場」を設けるのはよくあることだ。レストランや喫茶店、バーなどの一角を借り受け、関係者と共に結果の電話を今か今かと待ちわびる。「待機会」と呼ばれている。

「先生は楽しくにぎやかにやりたいとおっしゃるんだよ。なので先生の大好きな喫茶店を貸し切ることで話がついてる。君も知ってる店だそうだよ。誰でもウェルカムだって。そのあと場所を移し、受賞されれば祝賀会、そうでなければ残念会、どっちみち飲み倒す夜になるんだよね」

いいなあとちょっとだけ羨ましくなった。営業も待機するが、こちらは社内だ。受賞が決まると同時に大量重版にGOサインが出る。各方面への連絡にも追われる。業務あるのみ。それでも乾杯はしようと話が出ていて、智紀はコンビニに走る役目を仰せつかっていた。

「どきどきしますね、待機会」

「うん。前に、担当している他の作家さんのに行ったことがあるんだ。ほんとうに胃が痛くなったよ。いたたまれないもいいとこ。ベテランの編集者も、これればかりは慣れる日なんてこないと言ってた。落ち着いてる風に見えてる作家さんも、時間が近づくと口数が減り、タバコの本数が増えたり、水ばかり飲んだり、トイレに立ったり、緊張しているのが手に取るようにわかる。受賞となれば、ただちに記者会見の場所に駆けつけ、マイクの前で第一声だろ。あらかじめ申し渡されているけれど、それをやることになるかどうかは、ぎりぎりまでわからない。

固唾《かたず》をのんで待ち続け、たった一本の電話ですべてが変わる。すごいことだよ」

聞いてるだけで指先に力が入った。立ち会う編集者の心労を思うと、羨ましがってもいられない。社内でわいわいやっている方が確実に気楽ではある。

「こんな思いはもういやだとなったら、ここで取るしかない。取れば、重圧から解放される。受賞した人で、それが何より嬉しかったと言う人がいた。実感こもってたよ」

気持ちはわかると吉野は笑い、智紀も苦笑いで応じた。

「そんなにぴりぴりしているところにもってきて、あの噂は酷ですね」

「井辻くん、何かわかったら教えて。君や真柴のことは先生もよく覚えていて、また顔が見たいとおっしゃっていたよ」

宝力《ほうりき》賞という、こちらは公募の新人賞をめぐり、津波沢先生とは面識があった。小粋でダンディでユーモアのセンスも類稀《たぐいまれ》なる先生には、智紀もまたお会いしたい。東々賞が取れれば機会はすぐに巡ってくるだろう。

さまざまな人の思いや願いをのせ、選考会は刻々と近づいていた。


東々賞を取ると噂されている夢田都はどうしているだろう。智紀は乙川出版の八木沼をそれとなく捜した。書店員さんや他社の営業マンに声をかけ、姿を見なかったか尋ねていると、どこでどう話が回ったのか新宿の書店にいると教えられた。

智紀はそのとき成城《せいじょう》にいたが、仕事を終えてすぐ、他の予定を取りやめ新宿に舞い戻った。

「ああ、井辻くん」

八木沼は智紀を見るなり如才なく片手をあげたが、智紀の第一声は「どうしたんですか」になってしまった。

数日前に会ったときより目に見えてやつれていたのだ。新宿の書店で伝言をもらい、その文面に従い、ビルの脇に設けられたサンデッキに出ると、八木沼は屋外のベンチにひっそり腰掛けていた。

「ここんところなかなか眠れなくて、食欲もほとんどないんだよ」

「どこか具合が悪いんですか？」

「心労だよ、心労」

吉野相手に思ったのと同じ言葉を聞き、智紀はとなりに腰を下ろした。

「八木沼さん、ひょっとして東々賞の噂ですか」

「君の耳にも入っているんだね。私を捜してくれていると聞いて、そう思ったんだよ」

「夢田さんが取るという、あれ？」

慎重に口にした。八木沼は顔を歪め、しきりに腹部をさする。

「大丈夫ですか」

「大丈夫じゃないよ。無責任な噂がまことしやかに流れ、いい迷惑だと思っていた。よりにもよってなんで夢田さんなんだよ、へんなところに名前を出さないでほしいと大いに憤慨していたんだ。そしたらそれを、夢田さん本人が知ってしまった」

智紀も脇腹を押さえたくなった。

「立ち寄った書店で、教えてくれた人がいたそうだ」

「ご本人はなんて？」

「大変ショックを受けている」

地底を這うような暗く重い声で言われた。

「井辻くん、もともと夢田先生はね、今回のノミネートにとてもナーバスになっていたんだよ」

「喜んでいたのではなくて？」

「うん。デビューして二年くらい経った頃かな、いっぺん月光賞《げっこう》の候補に選ばれている」

月光賞もまた、東々賞のように有名な文学賞だ。

「ご本人曰く、そのときはとても無邪気に舞い上がり、光栄に思って、親兄弟や親戚、友だちにも喜んでもらい、興奮と緊張でもって選考会当日を迎えたそうだ。まだまだ自分では無理だとわかっていたので、落選の報が入っても大きく気落ちすることもなく、まわりも明るく励ましてくれた。ところがあとから知らされた選評というのがひどかった。こてんぱんにやられたらしい。幼稚で浅くて、なんの魅力もない、小手先だけの作文レベル。ま、こういう類のものだったわけだ。難点ばかりあげつらい、褒め言葉は皆無に等しい。夢田先生にしてみれば文才だけでなく、自分自身が完全否定されたような気持ちになってしまったようだ」

「そんなこと、あるんですか」

「残念ながらね。うちの編集者が気の毒がっていたくらいだから、けっして大げさな話ではない。じっさい選評というのは、受賞した作品には受賞の理由、落選作には落選の理由を述べる。だめだった理由を聞くのはただでさえきついだろう。こんなにひどく言われると覚悟してなかったらなおさらだ。夢田先生はしばらく書けなくなった」

なんとも言葉の返しようがなかった。執筆に影響が出るからとマイナスの評を読まない書き手はいる。ネットに載る感想なども、編集者の方からなるべく読まないようにと注意を促す場合があるそうだ。

いい評価も悪い評価も、あって当たり前、聞き流せばいい、反応がないよりまし、万人受けするものなどありえない、他人事ならいくらでも言える。じっさいその通りだと書き手本人も思っている。けれど我が事となると冷静でいられず、くよくよ囚われてしまうと、これまで智紀は何度となく耳にしてきた。

気にしている人に向かって気にするなと言ってもなんの解決にもならない。気にしている方が悪いと責めるに等しい。もともと「正解」のない分野なのだ。誰もが手探りで書いている。

「それでも夢田さんは立ち直り、ぼちぼち書き始めた。うちみたいな小さいところから本を出すようになったのも、ブランクができてしまったからかもしれない。でもうちだって、編集者が夢田さんの作品を買い、地道に誠意を持って接してきたからこそ、いい原稿をもらえたんだよ。このたびの新作が候補になったのはほんとうに嬉しかった。夢田さんが優れた書き手であるという、立派な証明じゃないか。書き続けてもらってよかったと、担当はもちろん全社員、喜んだよ。夢田さんだって知らせを聞いて声を詰まらせていたそうだ。でも、彼女にしてみれば、数年前のダメージが忘れられない。ナーバスになる気持ちもわかるだろう?」

吸った息を止め、智紀はうなずいた。苦い経験が彼女にはあるのだ。

「今度は大丈夫だと自分に言い聞かせていたと思う。書店まわりなどしたから私とも顔見知りでね。たまたま郷里が同じなんだよ。同じ和歌山県同士。ノミネートが決まったあとに会ったら、落選しても蜜柑《みかん》ジュースで乾杯しましょうと声をかけられた。なのに、思ってもいない噂が流れ、すっかり疑心暗鬼になってしまった」

「あれを、悪意のある噂だと思っているんですか?」

八木沼は疲れ果てた顔で「ああ」と答える。

「事前に決まっているなど、どう考えても聞こえの悪い話だ。まるで裏取引をしたようじゃないか。そういうことをしかねない作家、しかねない出版社と言われているようなものだよ。不愉快にもほどがある。会社としても迷惑甚《はなは》だしいが、作家さんはそれこそひとりで矢面に立つ。とてもつらいと思う」

誰かが自分に敵意を向けていると、思ってしまったんだろうか。そう尋ねると、八木沼は奥まったところにある瞼《まぶた》をしょぼしょぼ動かした。

「この世界、いつなんどき人の恨みを買うかわからない。ノミネートされなかった書き手からすれば、なんでこいつがと向かっ腹を立てることもあるだろう。うちに対する反感だってありえる。ねじ曲がった感情なんてどこにも転がっているよ。どう慰めても励ましても、説得力に乏しい」

つまりお手上げということか。嘆く八木沼のとなりに座り、降ってわいた彼の災難に身を硬くしていると、ふと靴音が聞こえた。そちらに視線を向け、背筋を伸ばす。予感のようなものがあった。智紀と同じ出入り口からサンデッキに出て、まっすぐ近づいてくる人がいた。黒縁の眼鏡をかけた小柄な女の人だ。

智紀は八木沼にそれを教えた。顔を向けるなり、八木沼の喉《のど》がひゅっと鳴った。あわてて腰を浮かす。

「夢田先生……」

茶色のスカートに、だぼっとしたベージュのブルゾン、ほよほよとカールした中途半端な髪型、あまりしゃれっ気のない人であるのはすぐにわかった。化粧も、してないことはないだろうがとても素っ気ない。表情も硬い。

「あそこの書店に寄ったら、八木沼さんがここにいると教えてくれた人がいて」

智紀への伝言がそのまま彼女にも伝わったらしい。双方に対して申し訳ない気持ちになった。今ここで顔を合わせない方がいいのではないか。

八木沼はふらふらと立ち上がり、ズボンのポケットから出したハンカチで額を拭う。

「ほ、本屋にはお買い物ですか。何かの資料でも」

「噂が気になったの。八木沼さん、私、東々賞はもういい。辞退するかもしれない」

まちがいなく、関係者が一番恐れていた言葉だ。

「何をおっしゃるんですか。噂など気にすることはありませんよ。あんなのただのデマです。

本気にしている人などいません。うちの富田《とみた》も、そう言ってたでしょう？」

「もういやなの、何もかも」

「待ってください。短慮はいけません。先生のことも作品も、応援している人はたくさんいます」

「だけど耐えられなくて。もう……。ごめんなさい」

うつむいて小さな肩を尖《とが》らせる。そこに重たいものをずっと背負ってきたのだろう。ほんとうならばもっと誇らしく胸を張り、選考結果を楽しみにしたって罰《ばち》は当たらないのに。

「先生、きっとお疲れなんでしょう。私なんて毎晩高いびきですよ。あんなデマ、ちっとも気にしてませんから。誰かが軽い気持ちで言った冗談に決まっています。あんなのほんと、よくあることです。ね、井辻くん」

いきなり話を振られ、飛び上がりそうになった。顔を上げた夢田が、誰だろうこいつという目で智紀を見た。

「明林書房の営業マンですよ。ほら、こちらも津波沢先生がノミネートされているでしょ。お互いにダブル受賞だといいねと話していたところです」

「初めまして。井辻と申します」

すかさず名刺を差し出した。真っ白な指先が、それなりにきちんと受け取ってくれる。

「楽しみですね、今回の東々賞。あ……待機会はどちらで？　津波沢先生はお気に入りの喫茶店だそうです。『とわいらいと』という、レトロな店なんですよ」

「私は打ち合わせによく使っていたカフェ。担当さんが話をつけてくれたの。すみっこを貸してくれるんですって。でもどうせ落ちるから。万が一受賞したら、裏工作したみたいに言われるだろうし」

すべて取りやめると、今にも決心を固めてしまいそうだ。八木沼のすがるような目に、智紀は弱りながらも言葉を探した。

「賞の行方については、選考委員の先生方にお任せするとして、デマの真相はこれから調べようと思っているんですよ」

「え？」

「八木沼さんと今ここで、闘志を燃やしていたところです。デマをこのままにはしておけませんから。ねっ」

今度は智紀がぎごちなく笑いかけ、八木沼の全身が引きつる。

「ほんとうに調べてくれるの？　ちゃんとわかる？　発表まであとわずかよ」

「ですね。待機会までにはなんらかの報告を入れます」

夢田は表情をやわらげ、手にしていた名刺に視線を落とした。

「明林書房の井辻さん。他社の人がどうして？」

つぶやくようにして、智紀ではなく八木沼に顔を向けた。

「えーっと、それはですね、ライバルであると同時に同志でもあるからですよ。一緒に頑張ります。先生もどうぞ気に病むことなく、ゆっくり睡眠を取り美味《おい》しいものを食べ、当日に臨んでください」

穏やかな声と共に八木沼は落ちくぼんだ目尻に皺《しわ》を寄せ、やさしく微笑んだ。

調子のいいことを言ってしまったからには、責任を取らなくてはならない。心細げな作家先生をほったらかしにするわけにもいかず、夢田のことは八木沼に頼み、智紀はその足で品丘書店を訪ねた。一番初めに噂を聞いた場所だ。

途中、様子伺いを兼ねて真柴に電話すると、向こうは向こうでもめ事が起きているらしい。「またですか」ではなく、「そっちもですか」と言ってしまい、さっそく突っこみを受けた。

夢田のことを言うと、真柴の方は候補者のひとり、亀村につかまったそうだ。秋葉原《あきはばら》の書店で激昂している人を見かけ、誰だろうと近づいたところ面差《おもざ》しに覚えがあった。以前、別の本の書店まわりのさい、同行したことがあったそうだ。

例のデマを聞きかじり興奮しているように見えたので、真柴はその場を取り繕《つくろ》い、フロアを出て目についた喫茶店に押しこんだ。

落ち着きを取り戻した亀村は、さぞかし決まりが悪かったのだろう。真柴相手にひとしきり愚痴をこぼした。ここ数年、初版の刷り部数は減る一方。あちこちの出版社から冷遇されるようになり、原稿を渡してもろくに返事がもらえない。候補作になった『つばき雲』は久しぶりに動きがよく、実に七年ぶりの重版がかかった。たった千五百冊とはいえ涙が出るほど嬉しかった。首の皮一枚で生き延びたような気持ちでいたところ、東々賞ノミネートの報が飛びこんできた。

「そりゃ号泣したくもなりますよね」

「ひつじくん、笑いごとじゃないよ」

「笑ってませんってば」

「ともかく問題はデマの出所だな」

智紀は品丘書店に立ち寄り西山というパートさんに確認してみたが、文芸担当の別の書店員に聞いたと教えられた。その人は今日、公休日で不在。なんの収穫もなく、秋葉原に向かい真柴と合流した。

「これまで誰がどこからどんな噂を聞いたか、まとめてみたんだ」

智紀が到着するまでの間に、真柴が手際よく情報を整理していた。岩淵や海道の話だけでなく、他の情報も加わっていた。聞けば、協力してくれそうな書店員さんや営業に声をかけ、それとなくまわりに探りを入れてもらったそうだ。噂を広めたり、刺激したりしてはいけないので、よっぽど信用できる人にしか頼めない。そっちのルートから今のところ二件、新しい情報が入っている。

ここに、津波沢の話も書き足してもらう。八木沼に問い合わせ、夢田とふたり分の内容も加えた。

「みごとにばらばらですね。共通しているのは都内の書店っていうくらい。ああ、これはちがうか」

千葉が一軒だけ交じっていた。

「書店員さんもいろいろだよ。男女がいて、キャリアもまちまち、社員もいればパートさんもいる」

「受賞するのは夢田さん、というのは同じですね」

「出所はひとつか。それはまちがいないんじゃないか？」

リストを前にふたりしてうなずいた。

「ここに載っている書店員さんにもう一度当たり、噂を誰から聞いたのか、確認していけばいいんですよね」

「又聞きが多そうだな。ぼくもひつじくんもそうだ。『誰に聞いたか覚えてない』、という人がすでにいる。警戒して、とぼける人も出てきそうだ」

「他にやりようがないですよ。徹底的に追いかければ、どこかで噂の発信源にたどりつけますって」

明るく言ったつもりが、智紀にしても暗澹《あんたん》たる思いに絡みつかれる。待機会は三日後だ。丹念に調べて歩く時間がない上に、発信源がみつかるという保証もない。日中は日々の業務もある。

「やっぱりむずかしいですよね」

「なんだよ、すぐ弱気になるなよ。まあその、噂の出所なんて、ただでさえあやふやだからな。張本人に行きついても嘘をつかれたら、知らないうちに真相から遠ざけられる」

「時間がないのに」

取りかかる前から、徒労で終わる気がしてくる。

「ため息ついてる時間もないってことだ。それより気になるのは、噂が流れ始めた時期と伝わる速さだ。ぼくもひつじくんも初めて聞いたのは公式発表があった直後。そこから今までの数日間で、方々に飛び火している。書店員さんは店を超えた付き合いが多いから、面白い噂は垣根を越えて飛んでいくだろうが、それにしても速すぎないか？」

真柴がメモ用紙に山手線《やまのて》と中央線をざっと描き、今あがっている書店の場所に印を入れていく。新宿、渋谷、東京、秋葉原、市川《いちかわ》。他にもいくつか。

「短時間でこれだけというのは、ひとりの人間から順繰りに、じわじわ広がったとは考えにくい」

真柴の言わんとすることは智紀にもわかった。いっぺんにあちこちで人の口に上っているのだ。

「発信源がひとつではないのかもしれませんね。複数の人間が広めているか、もしくはひとりの人間がいろんなところで言いふらしているか」

「言いふらすにしても、書店員が耳を傾ける相手であるわけだ」

智紀は山手線の内外にちらばる「印」を眺め、にわかに薄ら寒くなった。短期間に方々の書店を回る、書店員と話す機会がある、それはもう営業の仕事そのものではないか。

「まさか……」

「ひつじくん、尻尾が掴めるかもしれないね。細々と伝わっていった噂ならともかく、今言ったようになんらかの『動き』があったんだよ。複数犯なら、何かしらの共通点がある。単独犯なら同じ人間が目撃されている。それをみつければいい」

明快に言い切られ、智紀は腹部に力を入れた。今ここでぐずぐず考えても始まらない。相手は人騒がせなデマなのだ。その正体が気持ちいいもののはずがない。でも、暴きに行こう。

翌日、智紀の目標は自分が噂を聞いた品丘書店と、津波沢にそれをもたらした中石書店から話を聞き出すことだった。営業のやりくりをしつつ品丘書店に寄ると、教えられた書店員は明らかに警戒し、はじめからけんか腰だった。誰に聞いたかは言葉を濁《にご》し、ただの冗談に目くじら立てるなと噛みつかれた。さらにはそっちこそおかしな噂を流すなと言われ、二の句が継げなかった。誰しもデマの片棒を担いだ人間にはなりたくないのだ。自分自身の評判はとても気になる。

丁重に頭を下げ、できるかぎりの詫びを口にした。相手とは仕事上の関係がある。悪化させるわけにはいかない。思い出すことがあったら知らせてくれとお願いして店を辞した。中石書店では「誰それさんに聞いた」という「誰それさん」が、ぼくは知らない、初耳だと言い出し、立ち往生で時間切れとなった。情けないことに収穫なしだ。

さらにその翌日は他の情報の調査にまわり、市川の書店まで足を延ばした。ここでは、「あれってどうなの」と心配顔で尋ねられ、勇み足の誤報だと答えると居合わせた店員さんたちがほっとしたように笑みを浮かべた。

この店に噂を持ちこんだ店員もみつかった。彼によれば、数日前に都内であった集まりに顔を出し、そのとき居酒屋のトイレで聞いたそうだ。相手は池袋《いけぶくろ》の書店に勤める書店員。すでにリストの中に入っている人だった。

お礼を言って店を出て真柴にさっそく連絡すると、都内に戻るように言われた。すでに夕方の五時を過ぎていた。東京駅の喫茶店に向かうとそこには八木沼もいた。

「ひつじくん、噂が一気に広まった理由、わかったかもしれない」

テーブルの上には例のリストと地図が広げられていた。

「何がわかったんです？」

「飲み会だよ」

ウェイターにコーヒーを注文しつつ、リストをのぞきこむ。いくつかの名前の横にカクテルグラスのようなマークがついていた。

「ノミネート発表の翌日、たまたま書店員の親睦《しんぼく》の飲み会があったらしい」

「ああ、市川の人は居酒屋のトイレで聞いたと言ってたけど」

「それだよ。居酒屋で例の噂を聞いた人が多い。つまり、点在する店のあちこちに噂がばらまかれたのではなく、人が集まる席で話が出たんだな。飲み会と関わっていない店もあるけれど、誰から聞いたのかをたどると参加者に行き着く」

旬な話題を耳にした人たちが、それぞれの店に持ち帰った。そして仲のいい他店の人にも話したのか。

「営業マンが書店まわりしながら吹きこんだんじゃないんですね」

「複数犯の仕業じゃないわけか」

智紀と八木沼が口々に言った。

「まだわからないよ。どういう顔ぶれが集まっていたのか、肝心の、言い出しっぺが誰なのか、はっきりしてない。今、岩さんと海が追っかけている。太川もね」

「選考会は明日だ。間に合うだろうか。私も彼らと合流してくるよ」

悲愴な声の八木沼を真柴が「まあまあ」となだめる。

「気持ちはわかりますけど、任せた方がいいですよ。連絡を取り合って動いてるようなので、横から入るとかえって邪魔になってしまう」

「夢田先生はどうしてます？」

智紀はそこを尋ねた。

「今のところ大丈夫のようだ。気丈にしてくれてる。ほら、井辻くんが先に帰ったあのときね、思わず先生に言ったんだよ。待機会までの時間は、真相がわかるまでの時間だから、カウントダウンでもしつつ楽しみに待っていてくださいって」

「そんなこと、言ったんですか」

「私も営業だもん。いざとなると、調子のいい言葉が出てくるんだよ」

恐ろしい職業病だ。気をつけなければ。

「ひつじくんだって吉野に偉そうなことを言ったろ。デマの正体はきっと突き止めます、なんて。津波沢先生も期待してるみたいだよ。待機会のコーヒーがいっそう美味しくなるだろう、って」

「いやそのそれはつい。ああ、津波沢さんの耳にも入っているんですか」

「まあぼくも、亀村さんにはお任せくださいと、胸を叩いちゃったんだよね」

みんな病気だ。

「おっと、電話だ。きたきた、岩さんからだよ」

喫茶店の中なので、まわりに気を遣いながら真柴は携帯を耳に押しつけ、相槌のみで手早く通話を切った。

「岩淵さん、なんて?」

「わかったみたいだぞ。渋谷の書店の人が言い出しっぺらしい。本人に連絡を取ろうとしたけれど、もう帰ったあとで店にはいないそうだ。念のためこれから向かうって」

「どこの誰ですか」

畳みかけると、真柴が口ごもった。

「言ってくださいよ」

「岩さんの話からすると、飯村《いいむら》書店の、金井《かない》さんだそうだ」

八木沼が身を乗り出し、それは誰だと騒ぐ。智紀の腕を摑んで揺さぶる。とっさに頭を振ることしかできなかった。真柴を見ると同じように困惑している。

「おいふたりとも、知っているなら教えてくれよ。飯村書店には行ってないから知らないんだよ」

「二十代半ばの女性です。良識ある、仕事熱心な書店員さんですよ」

智紀が答え、真柴はまだ眉間に皺を寄せたままだ。かわいらしい書店員さんなので、もちろん大のお気に入りなのだ。

「そういう人がなぜ？」

「わかりません。ああ真柴さん、携帯が鳴ってますよ。出てください、真柴さん」

今度はメールで、海道からだったそうだ。

「八木沼さんと同じようなことを聞いてきた。向こうの三人も、飯村書店の渋谷店は担当していないらしい。だから金井さんを知らないんだ」

彼女は入社してまだ四、五年。前は本部にいたと聞いた。店頭歴が浅いため、今現在の店をまわってくる営業マンとしか交流がないのだ。

「知ってるのはぼくと真柴さんだけですか」

言いながら智紀はハッとした。

「今ここであの三人が乗りこむのはやめた方がいいんじゃないですか。三人にとっても、なじみのない書店でしょう？　それとなくやんわり尋ねられるような相手がいないんですよ。向こうにとっても、いきなり現れたわけのわからない連中になってしまう」

「たしかにまずいな。ギャング団も真っ青の強面と、スキンヘッドのグラサン野郎と、歩く肉まんじゅうだ。何ひとつ聞いてくれなくなるかも」

真柴はあわてて携帯にメールを打ちこんだ。そのあと電話がかかってきて何度かの攻防ののち、やっと突撃はあきらめてくれたらしい。

「金井さんは明日、本部に寄ってから午後二時に店に出てくるらしい。ひつじくん、我々でなんとかしよう。わざわざあの三人に、かわいい書店員さんを紹介することもないだろう」

「真柴くん、かわいいってなんだい。今はそれどころじゃないよ。相手がギャング団のボスだろうがスキンヘッドだろうが、今回のデマについてはきっちり白黒つけなくては。私も行く。午後二時、飯村書店の渋谷店だね。そこで真相がわかれば待機会に間に合う。どういうつもりであのデマを流したのか、理由や目的を知りたいんだ」

八木沼の決意も意気込みもよくわかる。智紀と真柴はリストの中の飯村書店に目をやりながらうなずいた。


いよいよ賞の行方が決まる選考会当日、明林書房の社内も朝からざわついていた。

選考は午後六時から始まり、遅くとも八時までに決定するのが恒例だ。編集部は数人の留守番を残してほとんど出払う。候補者である津波沢に付き添い、待機会から受賞したさいのインタビュー、祝賀会まで仕切るのはもちろん、津波沢以外の候補者にも気配りが欠かせない。

他社から出た本が候補になったとしても、その作家を担当している編集者にとっては、作家の一大事が自分の一大事だ。我が事のように案じて、共に喜び、あるいは残念がってくれる編集者に作家も信頼を寄せる。候補にもなりえるような作家とのパイプは、今後のためにもしっかり保ちたい。

選考の夜は、編集者の走り回る夜になる。担当している作家が候補になれば、待機会や祝賀会、あるいは残念会など、たいていどこかで顔を出す。複数の担当作家が候補になる場合もあり、そうなればとても慌しい。例外は自分の手がけた単行本が候補作に入ったときくらい。このときは作家が帰路に就くまで、待機会から二次会、三次会とそばを離れない。今回のケースで言えば津波沢に終日、吉野が付き添う。責任者として会を仕切り、連絡係にもなる。

他の編集者はよその会にも出向き、大きな出版社では単行本、文庫、雑誌とそれぞれ編集者が分かれているので、勢い数も増えていく。編集長もこの日ばかりは積極的に動く。お祭り騒ぎと称されるゆえんだ。

そして営業部でも固唾をのんで結果を待ちわびる。明林書房にとっては初めてのノミネートなので、重版の部数決めからポップ作り、帯デザイン、マスコミ対応とどんな準備でも人が集まる。わからないところは他社に教えてもらい、思いがけない問い合わせや情報に知恵を寄せ集めた。小さい会社ならではの一体感だ。やがて泣いても笑っても残すところ数時間となった。

一番下っ端の智紀には雑用がいろいろあったが秋沢に相談し、飯村書店に行かせてもらった。そのかわり必ず結果を出せと、発破をかけられてしまう。

デマの正体調べなど、楽しい用事のはずもないが、待ちあわせの場所に八木沼を見たとたん迷いも吹っ切れた。いつも弱腰で覇気がなく注文用紙は忘れても胃腸薬は片時も手放さないような営業マンが猫背を返上し、精一杯気張って立っていた。

智紀を見るなり「井辻くーん」と語尾を伸ばし、背中から力が抜けてしまうのは困りものだが、気概は買いたい。間もなく真柴もやってきた。渋谷の雑踏を抜け、飯村書店渋谷店へと三人で向かった。

二時からフロアに出るらしいので、そのほんの数分前につかまえられないかと早めに店に着いた。雑居ビルの三階から五階に入っている書店で、金井さんは三階にある文庫の担当だ。売り場に着いてすぐ雑誌担当の人と目が合い、すかさず会釈すると相手の顔つきが変わった。仕事の手を止め、駆け寄ってくる。

「今日はどうしたの？　営業の仕事？」

「ええ、はい。文庫の金井さんにちょっと。そろそろいらっしゃいますよね」

広岡《ひろおか》という男性社員はさらに眉をひそめ、智紀と真柴と八木沼の顔を見くらべた。

「もしかして、その……東々賞の噂のこと？」

「何か聞いてます？」

探り合うように互いの視線が交錯した。

「その件だったらちょっと来て」

フロアを横切り扉の向こう、業務用エレベーターの脇に連れていかれた。

八木沼とは初対面だったので紹介すると、差し出された名刺を見てさらに強《こわ》ばる。

「乙川出版さんですか」

「初めてお会いして、いきなりこんなことを申し上げるのもまことに恐縮なのですが、このたび、うちのところから出ました本が東々賞にノミネートされまして」

「夢田さんの『ベンジャミンの橋』ですね。うちでも応援しています」

「ありがとうございます。我が社も大喜びしたのですが、ノミネートが発表されてすぐ、聞き捨てならない噂が流れました」

広岡はぎゅっと唇を引きしめ、智紀や真柴に顔を向けた。二時まであとわずかだ。話を進めるべく智紀は間に入った。

「広岡さんも聞いていますか？　今回の東々賞はすでに決まっている、夢田さんが受賞する、という噂です。ぼくも真柴さんも八木沼さんも、それぞれちがう書店でちがう店員さんから聞きました。それだけならまだしも、当の先生方の耳にも入ってしまったんですよ」

「ほんとかい？」

訊き返してくれて、半ばほっとした。下手すれば知らぬ存ぜぬで追い返されかねない。

「先生方はとてもナーバスになっています。どこからどうやって出てきた話なのか、知りたいとおっしゃるんですよ。ぼくたちにしてもそう言われてむげにはできないじゃないですか。噂が広まっているのは書店であり、ぼくたち営業のテリトリーですから」

怒り心頭で犯人捜しに乗り出したのではなく、自分たちも困っているのだと訴えた。広岡はある程度事情を知っているらしい。そしておそらく彼もまた弱り切っているのだ。

「噂ならば、実は一昨日《おととい》の夜、初めて聞いたんだよ。ほんとうだ。今は雑誌やってるから賞の話には疎《うと》くってね。内容にも驚かされたが、その発信源がうちかもしれないと聞かされ青くなった。調べまわっている人間がいるとも聞かされた。でもそれが真柴くんと井辻くんとは……。いや、佐伯書店と明林書房の本が候補に入っているんだね。不思議はないか」

「広岡さん」

「質《たち》の悪い噂だ。それはわかるよ。先生方の耳に入れば不快だろう。でもまだうちと決まったわけではない」

「金井さんはなんて？」

「昨日はすれちがいで話をするひまがなかった。昨日の夜になって主任の耳にもその話が入った。たぶん今日、本人から事情を聞くんだと思うよ。ちょっと待ってくれないか」

あわてて首を横に振った。

「待機会までに真相を伝えると、先生たちに約束しているんです。時間がないんですよ。金井さんに会わせてください」

「何かのまちがいだと思うんだ。君たちも知っての通り、彼女は何か企むような人間じゃない」

「それを確認させてください。ぼくたちだって金井さんを疑っていませんよ。金井さんも、誰かに聞いたんじゃないですか。その『誰か』を教えてほしいんです」

広岡は「待ってくれ」と手を広げた。押し問答をしていると扉が開き、パートさんらしき人が顔をのぞかせた。

「ああ、広岡さん。こんなところに。主任が呼んでますよ。金井さんが来て……」

上にというポーズで人差し指を立てた。広岡はもちろん智紀たちをその場に残していきたかっただろうが、おとなしく待っている気はさらさらなかった。「頼むよ」「連れていってください」、それればかりをくり返し、フロアに出て上の階へと急いだ。

スタッフオンリーの扉の前で「ここから先はだめ」と言われると、さすがに足が止まる。仕方なく岩淵たちにメールで報告しつつ待っていると、十分ほどして扉が開いた。広岡に手招きされて中に入った。表情はかなり深刻だ。積み上げられた段ボール箱の間を抜けて小部屋に通された。

そこには、何度か挨拶くらいはしたことのある主任と金井さんがいて、彼女はうつむきハンカチを握りしめていた。

「今、話を聞いたんだけどね、書店員の集まりで、東々賞のことを話したのは金井さんらしい」

広岡の言葉に「すみません」と涙声が応じる。主任は口をへの字に曲げ、ずんぐりとした体で突っ立っていた。

「でもそれは金井さんが勝手に考えたものではなく、うちのバイトの小久保《こくぼ》というのから聞いたそうだ」

「バイト？」

「ああ。でもその小久保というのがね、数日前からゼミの合宿で出かけてしまっているんだよ。だから連絡が取れない」

智紀も真柴も八木沼も、目を丸くして「え？」と訊き返した。

「渡り鳥の生態を研究するゼミで、行き先はずいぶん辺鄙《へんぴ》なところらしい。しばらく音信不通になると本人も言っていたようだ。念のため仲のよかったバイトの子に訊いてみたけれど、携帯は通じないそうだ。大学に掛け合うにしても時間がかかるだろう。すぐにやりとりするのは無理だ」

「じゃあ、噂の正体はわからないと言うんですか」

広岡だけでなく主任も頭を下げた。金井さんは肩を震わせ泣いている。

「困ります！」

八木沼が声を張り上げた。

「誰がどうして流したのか、しっかりした報告ができなきゃ、夢田さんは賞を辞退してしまうかもしれない」

「ええ⁈」

「それくらい、当事者になった人はつらいんです。どうして自分の名前があげられたのか、気味が悪くて恐い。相手が見えないからこそ、どんどん不安が大きくなってしまうんです」

主任も広岡も冷や汗なのか脂汗《あぶらあせ》なのか、額を拭った。それまで黙っていた真柴が問いかける。

「小久保くんって、どういう学生なんですか。渡り鳥の生態を勉強しているのはわかりましたが、それ以外は？」

「どこにでもいるような、特別目立ったところのない、本好きの大学生だよ。四階にある新書やビジネス書の品出しをよく頼まれて、ちゃんと真面目にやってる。まあときどき、お客さんとしゃべりすぎて注意されるかな。好奇心旺盛で……」

主任が答えてくれつつ、口ごもる。

「何か？」

「ああいや、本屋のバイトを始めたのは半年くらい前からなんだけど、就職先の話が出たとき、出版社や新聞社もいいなあと憧れているような口ぶりだった。だから東々賞に悪意を持ったり、そのためにおかしなことを言ったりするとはとても思えなくて」

「でもじっさいに言われたんですよね、金井さん」

彼女の口から聞きたくて、智紀はまっすぐ尋ねた。

「はい。今度の東々賞、夢田さんに決まったみたいだって。それはたしかに聞きました。半信半疑でいたところ、ちょうど飲み会があったんで、つい言ってしまったんです。言いふらすつもりではなく、『そうなんですか？』って尋ねるような気持ちでした。だけど酔った勢いもあって、やっぱりいい加減なことを真実みたいに話してしまったかもしれません」

言いたいことはいろいろあったが、小久保の方が問題だ。「みたい」がつくにせよ、なぜ「決まった」と言うのか。なぜ「夢田」なのか。

「ともかく候補者が辞退なんてことになったら、うちとしても世間に顔向けできない。連絡ができないか、もう一度当たってみるよ」

「ですね。彼が話していそうな店員に、私も訊いてきます。真柴くんたち、えっと八木沼さんも、もう少しここで待っていてください。お願いします」

引き留めるすきも言葉もなかった。あとに残されて、真柴が椅子をすすめてくれた。八木沼も無理やり座らせた。洟をすする音に、金井さんが残っていたことにも気づき、彼女も座らせた。外に出ていった真柴がちゃっかりお茶をもらって戻ってきた。

「喉くらい、潤しましょうよ、八木沼さん。しばらく足止めになると思いますよ」

「もう時間がないのにな」

「わからないままタイムアウトかもしれませんね。真柴さん、どうします？」

ぼやいていると、彼女が湿っぽい声で言った。

「私が噂の流れてしまった書店に行って、訂正してまわります。候補の先生方にも謝る機会をいただければ……」

「金井さん、小久保さんという人は、どんなふうに話しました？　何か他に言ってませんでしたか？」

「他に？」

智紀に尋ねられ、彼女は赤い目で首を縮める。

「『今度の東々賞、夢田さんに決まったみたいだ』、これ以外の言葉ですよ。何かあったんじゃないですか」

真柴がお茶をすすめ、彼女は恐る恐る手を伸ばす。

「小久保くん、受賞が決まったから、内緒ですでに準備がすすめられているようなことを言ってました。どういう準備なのかわからないんですけど、それを聞いて私、ほんとうのような気がしたんです。でも夢田先生が何もしてないとしたら、まったくのでたらめですね。小久保くん、なんでそんなことを言ったんだろう」

智紀が八木沼を見ると、もちろん首を横に振る。真柴が頬杖をつきながら言った。

「単純に考えると、小久保くんは金井さんの関心をひきたかったんじゃないかな。じっさい金井さんは驚いたりびっくりしたり大いに興味を持ってくれた。嬉しそうな顔が目に浮かぶようだよ。問題は、準備云々の話が彼の捏造したオリジナルのエピソードか、第三者のものなのか、ということだ」

八木沼が「おいおい」と割って入る。

「彼が張本人ではなく、さらに別の誰かがいるってことか。だめだよ、そんなの今からとうてい間に合わない。時間切れになってしまう」

「いや、その前に準備って、なんのことです？　東々賞が決まった人間は、どういう準備をすべきなんですか？　真柴さん、何かあります？」

「うーん。なんだろうな。でも、現実には選考会前に決まる作家はいないんだよ。そういう準備はありえないってことだろ」

「でもやけにリアルじゃないですか。受賞が決まったから、内緒ですすめられている準備がある、なんて」

金井さんが手にしていた湯飲みを置き、その手を口元にあてがう。

「夢田先生も喜んで、きれいな色のブラウスを着ていたそうです。賞が取れて光栄ですと微笑んで。そうです、小久保くん、そんなふうにも言ってました」

　それを聞き、八木沼がゆるみかけていた拳を握り直した。首筋をひくひくさせながら彼なりに強く否定する。智紀も脳裏に夢田の姿を思い出していた。地味で目立たないだぼっとした衣服に全身を包み、色合いも茶色だったり灰色だったり。ブラウスという軽やかな言葉がどこから出てくるのだろう。

　そういうおしゃれを楽しんだ方がいいとは思う。男性で、うんと年上なのに身だしなみに気を配るのが大好きな人もいるのだ。

「津波沢先生は新しいスーツか……」

「ん？」

「吉野さんが言ってたんですよ。インタビューに新しいスーツを着てらして、まわりまで華やいだ気分になったって」

「そりゃあの先生はおしゃれだから」

「はい。でも新しいスーツを今のタイミングで？　どうせなら、受賞の知らせを受けてからにすればいいと思いません？」

　何か引っかかる。津波沢はこの業界に長い人間なのだから、「ここぞ」という決め時をよく心得ているはずだ。夢田も、八木沼が力いっぱい否定するほど、いつもは「きれいな色のブラウス」から遠いかっこうをしているのだろう。なのに今なぜ、ちがう装いを？

「インタビューってなんのだろう。ひつじくん、吉野はなんて言ってた？」

「なんだっけな、新聞……かな」

「新聞」

反芻《はんすう》して数秒後、突然真柴が大声と共に立ち上がった。

「新聞の、インタビュー記事だよ」

「ええ、そうですよ」

「ちがうって、選考会前に、候補者全員に、インタビューして写真を撮るんだ。それは、選考会の翌日、受賞者の言葉として紙面に掲載される。前撮りなんだよ」

「じゃあ……」

智紀と八木沼と金井さんと、つられるようになんとなく腰を浮かす。

「津波沢先生は新しいスーツで、それに臨んだということですか。夢田先生はきれいな色のブラウスで？」

「ああ。嬉しそうに微笑んで、受賞の言葉を述べるんだよ。そのときは結果がわからないから全員のを撮る。夢田さんだけじゃない」

あたかも決まったようにインタビューに答える。でもそれは、ほんとうに受賞したときに使うため。

「だったら選にもれた人の記事や写真は？」

「日の目を見ず、お蔵入りだ。もちろん先生方には説明しているはずだよ。誤解する人はいない」

「でも、誰かがどこかで中途半端に聞きかじったとしたら」

「な、ありえるかもしれないだろ？」

すぐには言葉が出ない。互いの顔を見交わしガタガタと椅子を鳴らし、ドアから表に飛び出す。確認しなくては。思いはひとつだ。主任と広岡を捜す。つかまえるなり今の話を聞かせ、そこからは新聞社の人を誰か見ていないか、尋ねてまわった。

ほどなく四階フロアのビジネス書担当が、それらしい人物について思い出してくれた。よく店に寄ってくれるお客さんだそうで、新聞社名とうろ覚えの苗字くらいしか知らないそうだが吉野に問い合わせて確認できた。

連絡先も教えてもらい、四時過ぎにやっと本人がつかまった。手帳の記載と自分の記憶からして、飯村書店の渋谷店に行ったのはノミネート発表の翌日、お昼前後だそうだ。発表前に候補者は内々でわかっていたので、いつもの段取りでインタビュー取材を始めていた。本屋に立ち寄っている最中に会社から電話がかかり、階段の踊り場でその話をしたかもしれない、とのことだ。

きれいな色のブラウスについても思い出してくれた。ちょうどその日の朝、夢田のインタビュー取りがあり、いい写真も撮影できた。電話口でそのことを報告したかもしれない。やりとりを誰かに聞かれているとは思ってもみなかった。

小久保のバイト仲間から新たな証言も得られた。彼は「新聞記者の人から面白いネタをゲットした」「金井さんに話すんだ」と得意そうに言っていたらしい。内容は教えてくれず、それきりになってしまったそうだ。

「まちがいないですね」

「ほんとうに申し訳ない。この件はうやむやにせず、それなりに落とし前は付けるから、今日のところは先生の方を」

取りなしてくれと頼まれ、智紀も真柴も八木沼も承知した。悪意ではなく、企みでもなく、早とちりだ。これをどう思うかはひとりひとりの問題だ。


飯村書店を辞して表に出るなり、三人して大きな息をついた。時計を見れば、もう五時近い。すっかりひと仕事終えた気分だが、今日のメインはこれからだ。

「さっそく夢田先生に知らせに行くよ。うちの編集と一緒にいるんだ」

「ぼくも吉野さんに報告します。津波沢先生も喜んでくれると思います。岩淵さんたちはどうします？」

「海にはぼくから電話を入れるよ。あいつから亀村さんに伝えてもらえばいいから。岩さんと太川にもついでにかけておこう」

「よろしくね、真柴くん。井辻くんもありがとう。今度みんなで飲もう」

「だったらそのときは……賞を取ったところが最初の一杯だけ、奢《おご》りましょうか」

一瞬考えてから出てきた智紀の提案に、真柴も八木沼も「一杯？」と訝《いぶか》しんだのち、そろって賛同した。全部奢れとは言わない。奢りましょうとも言わない。

なぜなら、取る気でいるから。

ありえると本気で思っているから。

自分の財布の中身を考え、堅実に、安請け合いはやめておく。

一杯くらいなら、まあいいか。喜びのお裾分けくらいしてあげよう。

口惜しがるみんなの顔で、二杯目以降も実に美味しそうだ。


明林書房の営業部は定時を二時間過ぎた今も誰ひとり帰る者なく、人口密度が跳ね上がっていた。歩いたり座ったり、黒板の字を消したり書いたり、キーボードをかちかち鳴らしたり、頬杖ついたり、いきなりメモ用紙を作り始めたり、注文書を数えたり。

そして壁の時計に目をやる。ここはここで待機会だ。吉野からの連絡をずっと待っている。

今宵のこの時間、同じように期待と緊張と興奮に包まれた場所がいくつも点在している。

「そろそろだな」

「ですよね」

「こんなに時間がかかるっていうことは、もめているのかな」

「すんなり決まらないのは二作、同時受賞かも」

それはそれでいい材料だ。

栄有社の大本命桃井か。もうひとつの本命と目される鶴巻か。四度目に悲願をかける亀村か。のりにのっている売れっ子の影平か。紅一点のダークホース、夢田か。ブランクの後に返り咲いた高齢の星、津波沢か。

誰が取ってもおかしくない。ということは、明林書房だって。

わざとネットのニュースを避け、ワンセグもやめて、みんなして耳を澄ます。結果は担当編集者から聞こうと、心をひとつにしていた。

七時五十六分。ついに電話が鳴った。智紀はディスプレイをのぞきこんだ。

「吉野さんの携帯から！」

あらかじめ取り決めていた通り、代表して秋沢が受話器を取る。

万歳か、残念か、どっち？　受賞したのは誰？　花道に躍り出る本は？

秋沢が声を発する。

「うん、うん、えっ――」

プロモーション・クイズ

ひと月前の会議で一冊の本が強く推された。

昨年、明林書房《めいりんしょぼう》の主催する「宝力宝賞《ほうりきたから》」という新人賞において、みごと大賞に輝いた塩原《しおばら》健夫《たけお》の受賞後第一作。デビュー作から数えると二冊目の本だ。タイトルは『宙《そら》のシグナル』という。

明林書房でも、単行本は月に二、三冊のペースで出る。大手出版社ではないのでけっして多い方ではないけれど、今どきどこの会社でも出版までの道のりは容易《たやす》くない。作家が書き上げた原稿を編集者が読みこみ改善点を話し合い、何度かの手直しののちに、これならば出版に値するというレベルまで持っていく。さらに営業部とのホットでシビアなやりとりを何度か経て、ようやく刊行にこぎ着けるのだ。

売れっ子作家ならばすんなりことが運び、当初の予定より早く出版される場合もあるけれど、そうでなければ何かしらの攻防戦がついてまわる。営業部は作家ひとりひとりの実績を他社の分まで握り、具体的な数字をもとに冷静な判断を下す。なんとか出したいという編集部の粘りも懇願も容赦なく突っぱねたり、急ぐことはないと先送りにしたり、極端に少ない部数を提示したり。原稿がそろってもなかなかGOサインを出さない。

営業部にしてみれば、売りに行くのは自分たちだ。実売の数字がダイレクトに返ってくる。収益とのバランスを考えながらでないと、賭《か》けも冒険もできやしない。勝算あってこその戦いじゃないかと、声を大にして訴えたい。

そしていざ出版が決まれば、社員一丸となって販促活動に励むのは当然なのだけれども、しかし、どの本にも平等に力を注ぐかとなるとそうとも限らない。出す以上、すべての本にめでたい結果が出てほしい、とは思う。アピールには努める。チラシも注文用紙も細心の注意を払い、帯についても最後まで意見を戦わせる。けれど、力の入れ方にはっきり差をつけてしまうのだ。

出す出さないの戦いのあとは強弱の戦い。メリハリをつけるともいう。売れる可能性のある本は、もっともっと売れるよう、発売前から特別に目をかける。具体的な行動に出る。

編集部から推された塩原の本は、明林書房から出している文芸誌『明林』にて連載された作品に、書きおろしを加えたものだ。掲載作は評判がよく、書評家や他社の編集者の噂に上り、晴れて上梓《じょうし》された暁《あかつき》にはかなりの手応えが望めそうだった。

そこでいくつかの会議を経て、営業部としても話に乗った。大々的にプロモーション展開することが決まり、まずは特設ページの準備が始まった。出版社のサイトに『宙のシグナル』だけを扱ったページを用意し、トップページにバナーを設置してリンクを張る。画面のデザインは予定されている装丁の雰囲気に合わせ、色合いからロゴまで凝ったものを作り上げ、あらすじや登場人物の簡単な紹介、相関図に加え、著者インタビューなどで充実を図る。

もうひとつ、にぎやかに並べたいのが推薦コメントだ。いかにこの本が面白いか、素晴らしいか、購入に値するか、読者に向けてのわかりやすいメッセージがほしい。社内の人間ではどんな言葉も内輪誉めと受け取られかねない。公平な意見を言う人の感想が大きな説得力を持つ。それは誰かとなれば、今どきは書店員さん。強い影響力がある上に、じっさいの売り場でも積極的な販促活動が期待できる。

「井辻《いつじ》くん、しっかりいいコメント、もらってきてよね」

朝の会議からフロアに戻ってきたところで、智紀《ともき》は上司である秋沢《あきさわ》に言われた。

「もちろんですよ。ちゃんと声をかけてありますし」

初めてする仕事ではない。念を押されたことが若干心外で、智紀は明るく快活に即答した。けれどその速さが軽さに映ったらしく、秋沢は眉を曇らせた。

「ほんとうに大丈夫？　イマイチ心配なのよね。今回は企画の決定から発売まで、スケジュールがタイトになっちゃったでしょ。再校が出てくるのは来週、そこからすぐ手配するとしてもあわただしくなると思う。最近の書店員さんは方々から声をかけられるから。いい？　油断大敵よ」

話を聞いていた同僚の宮田《みやた》が、すぐとなりでウンウンと首を振った。智紀よりひとまわり年上の子煩悩営業マンだ。額の生え際と腹部の出っ張りを気にしつつ、メタボという言葉を毛嫌いし、昔は細身のテニスボーイだったと主張する。「テニス」に「ボーイ」をつけることからして、スマートなイメージにほど遠い。

「来月の新刊、他社の本も大物ぞろいですよ。うちのは月初めなんで手前に潜りこませ、お願いするっきゃないですね。のんびり構えていられませんよ」

「やっぱり。どこも力を入れてくるか」

「ですね。早いとこゲラが渡せるよう、手配はくれぐれも万全でお願いします」

秋沢はうなずき、自分の席へと戻っていった。電話をすぐに摑んだので、来週のいつ出校するのか確認するのだろう。

「井辻くんも今一度、根回ししておいた方がいいよ」

宮田は先輩らしく言いながら手元の紙切れに視線を落とした。コメントを依頼する書店と、その担当者がリストアップされていた。

「君んところも、引っ張りだこの人が多いから」

心配されている内容はキャリアの浅い智紀にもよくわかった。名の知られている書店員のもとには出版社からゲラが殺到する。新刊を守り立てるために、各社が似たようなことを考え奔《ほん》走《そう》するからだ。発売後の店頭陳列だけでなく、書評記事やインタビュー記事といったメディアの取り上げ方に一喜一憂し、お客さんの関心をいかに引きつけるかで競い合う。すでにその前《ぜん》哨戦《しょうせん》ともいうべきものが始まっている。

「大物作家さんが相手となると厳しいですけど、気後れしてちゃだめですよね」

「そうだよ。売り場は常に新しい起爆剤を求めている。塩原さんのデビュー作は書店員さんの間でも話題になっていた。そこにもってきての第二弾だよ。期待を裏切らない、前作以上の出来映えときている。やりようによってはブレイクまでいくよ」

それを聞いて相好《そうごう》を崩すと、苦笑いされた。

「いやいや井辻くん、君は楽しみにする側でなく、させる側にまわらなくちゃ。青田買《あおた》いって言葉は知っているだろ。有望株をみつけ積極的に仕掛け、明日のスターを誕生させるのは、書店員さんにとって喜びのひとつだよ。これがその有望株だと、アピールすればいい。きっと食いついてくれるから。狙い目はそこだね」

貴重な先輩のアドバイスに、智紀は口元をきゅっと引きしめた。

「頑張ります」

勝負は作品次第だ。でもその作品も、読んでもらわなきゃ始まらない。営業の仕事は、いかにして手に取ってもらうか、そして買ってもらうか、そこにかかってくる。

子煩悩であり愛妻家である穏やかな宮田がいつになく熱いことを言ってくれるので、モチベーションがぐっと上昇したけれど、当人はリストをみつめてにわかにため息をこぼした。

「どうしたんですか」

「それがさ、ぼくの方こそすごく厳しいんだ。だめかも」

「えー」

「だってついこの前、翻訳本の帯をお願いしたばかりなんだよ。相当無理を言っちゃったから、今回は頼みづらくて」

それはたしかに大変かもしれない。他人事ではなく、智紀も一緒になって情けなく眉を八の字に寄せた。

できることなら先輩をカバーしたいけれど、それにはまず自分が目標をクリアしなくてはならない。宮田とのやりとりののち智紀は書店まわりに出かけ、顔なじみに会うなりコメントの件を確認した。

塩原の作品を雑誌掲載時から気に入ってくれていた女性書店員だ。前回の訪問時に色よい返事をもらい、すっかりあてにしていた。明林書房も含め、これまで各社の話題作に魅力的な推薦文を寄稿していた人なので、今回も大船に乗ったつもりでいた。

ところがゲラの話を切り出してすぐ「ああ」と天井を仰いでしまう。

「ごめんね、井辻くん」

「いきなりなんですか」

「協力したいのは山々よ。ほんとうにそうなの。塩原さんの本はすごく楽しみだった。でも来月に出る新刊については他からも頼まれて……。引き受けてぎりぎりになってできませんじゃあ、迷惑をかけてしまうでしょ。売り場の陳列は頑張るから、コメントの方は今回、遠慮した方がいいかなって」

落胆は大きい。とっても痛い。けれど仕方ないとばかりにうなずきかけ、すんでのところでその頭を止めた。いつもなら「気にしないでください」と言うところだ。書店員さんの本業はコメント書きではない。忙しい日々の業務をこなしつつ、プライベートの時間、あるいは睡眠時間を削ってでもゲラを読み、応援メッセージを考えてくれる。

ただでさえ、負担をかけているのはよくわかっている。相手の厚意に甘えてしまっている。本業に差し障《さわ》りがあっては元も子もない。引き際も肝心だ。無理強いはできない。

わかっていてもとっさに言葉をのんだのは、他でも似たようなことを言われそうな気がしたから。

「来月の、他社さんの新刊、ゲラが来るのはいつですか。うちのは来週には出てくるのですぐにお届けしますよ」

焦げ茶色のエプロンをつけた書店員さんは、すまなそうに肩をすくめた。

「来月末って聞いたから、まだ先だと思ってたの。でも明後日には持ってくるって。七百ページを超える大作らしいの。そうこうしているうちに、他のも届いてくるでしょ?」

「七百ページ……」

どこの誰の作品なんだろう。

「どんどん読んで、どんどん推薦文が書ければいいんだけれど、気持ちと約束は別だものね。間に合わないと悪いし」

残念そうに言う声を聞き逃さず、智紀は精一杯の言葉を返した。

「間に合うかどうかは気にしないでください。いつでも読んでもらえたら嬉しいです。ゲラだけは持ってきてもいいですか?」

「いいの?」

「はい。お預けします。急かしたりしませんから」

笑いかけると彼女はやっと頬をゆるめ、安堵《あんど》の面持ちでうなずいた。


タイミングのせいにはしたくなかったけれど、その後もスムーズには運ばなかった。頼みにしていた書店員さんにゲラが集中しているのもさることながら、腰痛、風邪などで体調を崩している人や人事異動で配置換えになった人もいた。日々の業務がどうしてもこなしきれず、しばらくどこの依頼も無理だと肩を落とす人もいた。智紀の受け持ちだけでなく、同僚たちのところでも似たり寄ったりの冴えない状況で、顔を合わせると誰もがため息がちに首を振った。


再校ゲラが出てからも、あやふやな手応えに気をもみ続ける。一週間後、営業部のフロアで宮田が大喜びの声をあげたときは、居合わせた人たちから拍手までわきおこってしまった。

「推薦コメント、書きましたって。よかった」

どうやらメールがきていたらしい。パソコンのディスプレイを指さすので、智紀はそちらに視線をやってから笑いかけた。

「もしかして第一号じゃないですか」

「そうだっけ。いやあ、みんなのところにもこれからどんどん集まってくるよ。せっかくだから今日は足を延ばして、直に受け取ってこようかな。どんな内容だろう、ちょっとどきどきするな」

聞けば、初めて声をかけ、話にのってくれた書店員さんだそうだ。

「塩原さんのデビュー作を読み、気に入ってくれたようだから、思い切って声をかけてみたんだよ。仕事熱心で真面目で有能な人だから、たぶん大丈夫だと思うんだ」

予定していた書店員さんに難色を示され、宮田なりに新規開拓をはかったらしい。

いつになく軽い足取りの先輩を見送り、智紀も自分の仕事に出かけた。そして夕方、外回りの業務をすませて会社に戻ると宮田の姿があった。

注文書をしまってある棚の前でぼんやり突っ立っている。帰社した智紀に気づき、体をひねって振り向いてくれたが、すぐ棚に向き直ってしまう。考え事をしているのか、書類を摑んだところで動作が止まっている。

「宮田さん、どうかしました？」

声をかけ、なんとなく歩み寄った。

「ああ、うん」

不吉な予感が脳裏をよぎる。小声で尋ねた。

「書店員さんのコメントは？」

「それはね、もらえたんだよ」

よかった。すっぽかされたわけではないらしい。そのわりには歯切れが悪く、ひょっとして活用しにくい内容だったのだろうか。うかがうように小首をかしげると、宮田は顔を上げ白い歯をのぞかせた。

「コメントそのものは大丈夫なんだ。ありがたく使わせてもらうよ。お願いしてよかったと、まずは胸をなで下ろした」

「他に……何か?」

「うん。せっかく行ったんだけど本人には会えず、コメントの入った封筒を預かった。店長の代理で会議に出なくてはならなくなったそうで、残念ながらすれちがいだ。でもそれはまあ別にいいんだけれど」

宮田は自分の席に向かい、机の上に置かれたクリアケースから封筒を取り出した。中から白い紙切れを引き抜く。『宙のシグナル』への応援メッセージだ。


巧《たく》みに精緻《せいち》に編み上げられた物語が五編。

うまいなあ、と思うそばから心を揺さぶられ、何度も胸がいっぱいに。

どこにでもあるような小さな町を舞台に、からみあう謎と不思議。

飛びかう蛍《ほたる》のひそやかな光が、そっと答えを照らし出す。


智紀は素直に表情を改めた。なかなかいいではないか。主人公の住む町は、小川に蛍を増やす試みを進めている。そのエピソードが要所要所に織りこまれ、実に心憎く場面を盛り上げる。タイトルの『宙のシグナル』というのも蛍のことだ。

「繊細な雰囲気が出ていて、きれいなコメントですね」

「うん。だからこれは問題ないんだよ」

さっきからやけに奥歯に物のはさまった言い方をする。智紀が怪訝な顔をすると、宮田はさらに封筒の中から紙切れを取り出した。もう一枚入っていたらしい。

「気になるのはこっち」

受け取って開く。そこにはコメントとはまったく別の物があった。

なぞなぞを出します。
用意はいいですか
厚子《あつこ》ちゃんは女優志望の女の子です。
高校を卒業し
九州から引っ越してきました。
試験を受けて、俳優養成所に通っています。
仲間もできました。
お父さんやお母さんには心配をかけたまま
早く安心させてあげたいと思っています。
自分の出る舞台に呼んであげるのが夢です。
目標を持ち、バイトも頑張っている厚子ちゃん。
今すんでいるのは、どこでしょう。

「なんですか、これ」

「だよね。なんだろう」

顔を見合わせ互いに困惑に浸る。もう一度紙切れをみつめ、ハッとひらめいた。

「こういうなぞかけみたいな文、『宙のシグナル』の中にもありましたよね」

「うん。そうなんだよ。今、ゲラ持ってる?」

宮田は手持ちがないそうだ。智紀は自分の席の下から急いで引っ張り出した。

机にどさりと載せて、ページをめくっていく。五本収録された連作短編の中のひとつだ。

「ああそう、これだね」

「はい」

青森生まれの木村《きむら》チヅコちゃんと、
広島生まれの浅野《あさの》ミツハルくんが、
サッカーの試合を見に行きました。
沖縄生まれの高石《たかいし》ヨウマくんが、
シュートを決めて勝ちました。
勝ったのは、どのチームでしょう。

再び智紀と宮田の間に微妙な沈黙が落ちる。

ゆっくりふたつの頭が傾く。

「井辻くん、なぞなぞの答え、わかった?」

「いいえ、さっぱり」

「これって……」

「書いてありましたっけ?」

すぐには思い出せない。なぞなぞの答えはもちろん、作中でどうなっていたのかも記憶はあやふやだ。

『宙のシグナル』はミニコミ誌を発行している帯山泰造《おびやまたいぞう》という男が探偵役になり、市井《しせい》に生きる人々のささやかな謎を解決していく話だ。ほろりとしたりほのぼのしたり、やさしくヒューマンな作品世界に、巧みな落ちがしっかり用意されていて、クオリティは高い。ふたりが弱り切った顔でみつめる短い文章は、はっきり覚えていないくらいだから、小説の本筋に関わるものではないはずだ。ちょっとした言葉遊びみたいなものだろうか。

それにしても。

「宮田さんが依頼したのは、なんていう書店なんですか?」

「ああ、成風堂《せいふうどう》――だよ」

どこかで聞いたような気がする。どこだっけ。

「駅ビルに入っている書店で、そこの、内藤《ないとう》さんという男性店員が引き受けてくれたんだ」

智紀は紙切れの方に視線を向けた。女優志望とサッカーか。わけのわからなさでは、とてもいい勝負だ。

どんな店なのだろう。なぜこんなものを書いたのだろう。

眺めているうちに、智紀の口元は自然とほころんだ。

なんだかちょっとだけ、わくわくしてくる。

「真柴《ましば》さん、成風堂を知ってるんですか？」

「うん。あそこも受け持ちだから。そんなに驚くほどのことじゃないだろ」

思わず大きな声を出してしまい、たしなめられ、すみませんと首をすくめた。

佐伯書店《さえきしょてん》の営業マンである真柴は、智紀と担当エリアが方々で重なり、今もたまたま顔を合わせた某大型書店から誘ったわけでもないのにランチの店が一緒になった。真柴はA定食の串カツ、智紀はB定食の照焼チキン、それぞれ元気よく頬張る。

重なっているエリアは多いけれど、もちろんすべてというわけではない。成風堂書店の場合、佐伯書店では真柴が営業に行き、明林書房では智紀ではなく宮田が訪問している、それだけのことだ。

「そうか、真柴さんは担当してるんですね」

「あそこがどうかしたの？」

「なぞなぞを出されたんです」

塩原の新刊を大々的に売り出していく話は、他社の営業マンである真柴もすでに知っている。来月の話題作ラッシュについては、佐伯書店の本が絡んでいないこともあり、書店員さんのコメントがもらいにくくなっている実情など、ついついこぼしていた。やっと得ることのできた推薦文に奇妙なおまけがついていたことも、特別問題にはならないだろう。かいつまんで聞かせた。

「へー、それはなんていうか、とってもそそられる話だね」

「ですよね」

あれきり気になってたまらないので、人騒がせなおまけではある。

「見てみたい」

ちょうど食べ終わったところだったので、紙ナプキンで口元を拭ってから、智紀はそれを取り出した。広げてのぞきこむ真柴の表情を見守った。

「どうです？」

「厚子ちゃんか。あの店にそういう書店員さん、いただろうか」

さすが。目の付け所がちがう。

「かわいい書店員さんがいっぱいいる大好きな店なんだけど、うーん、厚子ちゃんもアッコちゃんも心当たりがないなあ。こういうへんてこななぞなぞが、塩原さんの本に出てくるの？」

「そうなんです」

真柴に見せたのは宮田がもらった紙切れのコピーであり、塩原の文章は該当する箇所を含めた前後数枚だ。

「主人公の探偵のところにやってきた女の子が出題する形です。このあたりにまず、ふたりの会話がありまして」

文字を追いながら指をさした。


「今日のはすごくむずかしいよ。先生だってできなくて降参かも」

「わ、なんだろう、こわいな。簡単な方がいいんだけど」

「だめ。あのね、空をよく見てね」

「うんうん」

「雨の日でも曇りの日でもできるなぞなぞなの」


真柴が「かわいい雰囲気だね」と微笑む。そうなのだけれど次のページが問題だ。

青森生まれの木村チヅコちゃん——という部分を読ませると、たちまち目が丸くなった。

「何これ。こっちも負けず劣らず、妙ちきりんだ」

「解けます？」

「無理だよ。ぜんぜん」

気持ち的にはほっとした。営業部の中ではすでに話題になり、宮田や智紀だけでなくみんな一様に眉をひそめた。ここで他社の営業マンがさらりと解答を口にしたのでは立つ瀬がないというものだ。

「小説の中に答えはないって言ったね。なくても気にならず、読み終えたの？」

「まあ、そうですね。でもしょうがないんですよ。作中起きる事件は別の切り口から転がっていき、あれよあれよという間に意外な結末を迎えます。すっかり騙されて、それがまた気持ちよくて、なぞなぞのことはすっかり意識のすみっこに押しやられる感じなんです」

「ふーん」

「念のためもう一度読んでみたんですけど、やっぱり答えはなかったです」

「それはたしかなの？　君が気づいてないだけでなく？」

「なんですか、それ」

抗議の声をあげるが、相手にされない。

「塩原さんの担当って、誰？」

「酒井《さかい》さんです。女性の編集さん」

「その人に訊いてみなよ。まずは、ほんとうに答えが書いてないかどうか」

いつになくしつこい。でも何度も言われているうちに、ひるんでしまう自分がいて、これはこれで歯がゆい。智紀はポケットの中の携帯を取り出した。定食セットについているコーヒーを飲んでからボタンを操作した。

やがてレジで会計をすませ店の外に出る頃、さっきのメールに返事が届いた。

「酒井さんのメアドは知らないんで、吉野《よしの》さんに訊いてみました」

「なんだって?」

「作中に答えは書いてないそうです。担当編集者が言ってるので、まちがいないです」

携帯の画面を見せると、さっと取り上げられてしまう。そして勝手にぱちぱちとボタンを打つ。

「やめてください。何やってるんですか」

「吉野は答えを知っているのかと思って」

「ちょ、ちょっと、『おまえ』ってなんですか。ぼくの携帯ですよ。ぼくが『おまえ』って言ってるみたいじゃないですか」

運が悪いことに真柴とは携帯の機種が同じなので、もみ合っているうちにも送信完了になってしまう。

おまえは答えを知ってるの?――この一文だ。

やっと取り返し、訂正のメールを送ろうといじっているうちに吉野から返信があった。

「ああ、ひどい」

「なになに、『知っているよ。酒井さんはまだ。ところで、いい度胸だね』、ふーん。なるほどね」

「何がなるほどですか。怒ってますよ。いい度胸って、おまえ呼ばわりのことでしょ。ほんとにもう」

真柴はすましてすたすた歩き出し、それは駅に続く道なので智紀もぶつぶつ言いながら追いかけた。吉野への弁解メールを打たなくてはならないが、歩きながらでは文面が考えられない。

「ひつじくん」

「井辻ですよ」

「塩原さんの新刊、楽しいことになりそうじゃないか」

真柴がふいに足を止め、振り向いた。

「成風堂は素晴らしい本屋だよ。お客さん思いの有能な書店員さんがたくさんいる。そして今度はピリリとよく効くスパイスを投げこんでくれた。今までにない味の料理ができるかもよ」

「なんのことですか」

ふふふと笑い、真柴は気取った仕草で片手を上げた。

「じゃあ、またね」

「え？」

ＪＲ駅に向かう大きな交差点の手前に、地下鉄用の入り口があり階段が下に延びていた。受け持ちの店はいろいろ重なっているけれど、次の訪問先はちがったらしい。よくあることなのに、驚いて思わず声をかけた。

「待ってください」

まるで聞こえなかったかのように、真柴は背中を向ける。軽やかな足取りで、それきり階段の向こうに吸いこまれていった。

「なんだよもう」

ちょうど信号が青に変わり、ぶつくさ言いながら横断歩道を渡った。大事な先輩である吉野にメールを入れたのはホームに上がってからのことだった。

それから三日後、智紀はコメントを依頼してあった書店員さんから、思いがけないことを言われた。

「塩原さんの新作、面白いなぞなぞが書いてあるんですってね。私、気になって昨日から読み始めたのよ」

「え？」

「まだ二話目なの。もっとあとの方でしょ？」

くったくなく笑いかけられて目を瞬《しばたた》いた。

「答えの書いてない、なぞなぞよ。でもそれ、どこかの書店員がみごと解き明かしたと言うじゃない」

「どうしてその話……」

「真柴くんから聞いたの」

片手をひょいと上げ、地下鉄の階段を下りていった後ろ姿が頭によぎった。思わせぶりな顔で、いかにも何か企んでいるようだった。書店員さんに話したのか。警戒心がもたげ智紀の顔は引きつりかけたけれど、目の前の、制服姿の女の人には柔和《にゅうわ》な表情を見せたい。

思い切りわざとらしい笑みになってしまったけれど相手は気づかず、鼻歌でも口ずさんでいるように機嫌がいい。

「井辻くんも解けてないんですってね」

「はあ、まあ」

「担当編集者さんもまだ。でも解いた書店員はいる。私はどうかな。楽しみ」

「えっ、でもあれ、ほんとうにすごくわけのわからない問題なんですよ。あんなの、ふつうは解けないです」

「いよいよ気になる。だめよ、答えがわかっても言わないでね」

無邪気な言葉に、どこか拍子抜けする思いで立ち尽くした。頼まれたゲラが重なってしまい、間に合いそうにないと、すまなそうに言っていた人だ。

読んでもらえさえすれば気に入ることまちがいなしの内容なのにと、もどかしく思っていただけに、手をつけてくれたというのはとてもありがたい。でも急な展開すぎてとまどってしまう。

なんとかやる気満々な書店員さんに話を合わせ、推薦コメントも再度お願いして店を辞した。驚いたことに、そのあと訪ねた店でも似たようなやりとりがあった。

「井辻くん、なぞなぞは書き下ろしの作品の中にあるんだよね?」

こちらも、渋られたのに粘ってゲラだけ渡しておいた人だ。

収録されている五本のうち、書き下ろしは三本ある。女の子が探偵に投げかけたなぞなぞは、そのうちのひとつに出てくる。掲載順からすると四番目だ。

「友だちにミステリフリークのやつがいてね、ちらりとその話を振ったらぜんぜん知らないって。雑誌に載っていた二作は読んでいるそうだが、そこには出てこなかったらしい。すごく羨ましがられちゃった」

縁日のくじ引きを当てたような喜びようだ。

「さっそく読み始めたから待っててね。今日中には読破するよ。どうしたの、井辻くん、ぼんやりしてない？」

「いえあの、すごく嬉しいです。ただでさえ多忙な書店員さんに、ゲラを読んでもらうのは大変だと思っていたんで……」

「ああ、この前はつれない言い方しちゃったもんね。悪気はないんだよ。話題作をいち早く読ませてもらえるのはすごく贅沢なことだと思ってる。本好きで書店員になったんだもんね。販促のための協力ができるのも嬉しい。やらせてほしいと、こちらからお願いしたいくらいだよ。ただその一方、大事な新刊だからこそ、いい加減なこともしたくなくて」

言わんとすることは智紀にもわかる気がした。今や「書店員」という肩書きには大きな力がある。本を販売する人は本を扱うプロであり、本を熟知している人、という認識が広まりつつある。そういう人が薦める本ならば、きっと面白いにちがいないと期待が高まる。新聞や雑誌のブックレビューを担当する大学教授や書評家よりも、読者にとって身近な存在、というのも大きいだろう。

新刊点数の増えている今、すべての本をチェックするのは並大抵のことではなく、たびたび書店に足を運ぶ人でさえ見逃す本が多い。そもそも店に入荷しない本すらある。熱心な本好きでも嗜好《しこう》にあった一冊をみつけ出すのは至難の業だ。ふつうの本好きでは巡り合う前にあきらめてしまいかねない。

そこでおそらく昔よりも、事前情報は重要になってくる。新しい本に限らず、こういう内容の本がありますと、知ってもらうための情報だ。タイトルやカバーデザイン、帯の言葉、作家の名前、各種メディア広告。どれも旗を振って読者を手招きしている。出版社サイドではない人の推すコメントもまた、大切な要素になる。

だからといって、なんでもいいからひとつよろしくと、カラオケ屋でリモコンを渡すようには頼めない。はいはいわかりましたと気安く引き受けられても困る。ほしいのは肩書きではない。それもあるけれど、それだけではない。気の利いた特別の名文でなくてかまわない。いいと思ったら、自分の店に来るお客さんに話しかけるように書いてほしい。

適当にあしらうようなまねは、本にもお客さんにもできないと、場合によっては首を横に振るくらいの、気骨《きこつ》のある人の言葉だからこそ信用を得て輝く。

「来月の新刊、強敵ぞろいですものね。ゲラが重なったら厳しいと、正直思っていました。でも塩原さんのもほんとうに今年の目玉になるような作品なんです。チャンスをもらえたみたいで嬉しいです」

「おおそうか。ということは、うまいこと釣られたのかな」

「いえ別に、そんなわけでは」

「冗談だよ。釣ってもらってもかまわないし。それで中身がないのなら腹も立つけど、ちがうんだろ？」

もう一度、中身はばっちりと片手の拳《こぶし》を握ってみせた。

「だったらいいや。担当編集者も解けない謎があるのも、ほんとうだね？」

「はあでも、筋には関係のないちょっとしたなぞなぞですよ」

「それを解いた書店員がいるのもほんとう？」

これには首をひねる。

「なんだよ、肝心なところじゃないか」

「そう言われても、ぼくも正解を知らないんで、はっきりしたことがわからないんですよ」

「真柴くんは太鼓判を押してたけどな。解いた上で、まったく別のなぞなぞを作って対抗してきた人がいるって」

あれが対抗？　そうなのだろうか。情けない顔になってしまい、面目丸つぶれだ。

「はっきりさせてほしいな。どうせなら美味《お》しいエサに釣られたいから」

「はい……」

「でもって、エサそのものが見てみたい。どんななぞなぞを作ったんだろう。井辻くん、コメントを書くからそれを見せてよ」

いざとなったら依頼を断りきちんとした矜持《きょうじ》を見せる人は、好奇心も著しく旺盛《おうせい》らしい。子どものように目を輝かせねだってみせる。取引めいた物言いをするところは、しっかり大人だけれど。

人騒がせな種をまいた張本人にまずは連絡を入れてみると、「なんだろう」と若干とぼけたのちに、「あーあ」と気軽に応じた。

「あれね。ひつじくんが苦戦してるようだから、掩護射撃してあげたんじゃないか。面白い展開になってきたろ」

「真柴さんのエネルギー源って、『面白いこと』だけなんですね」

「まさか。ぼくを動かすのは常に、心優しくてかわいらしい書店員さんだよ」

だったらほっといてほしいものだ。とはいえ今回ばかりは文句も言いづらい。書店員さんの興味を引く、という意味では真柴のちょっかいは功を奏しているのだ。今のところ。

「それでなんですけれど、成風堂の人は作中のなぞなぞを解いたんでしょうか。真柴さんはそう思っているんですか。情報源ってちゃんとあります？　もしかして直接、成風堂さんとやりとりしたんですか？」

「いいや、ここんところタイミング的に行ってないんだけどね。ひつじくんが心配することは何もないよ。塩原さんがどんなにへんてこりんな問題を作ろうとも、吉野は答えをみつけたんだろ。だったら大丈夫。吉野にわかる程度のものなら、きっと成風堂の人は解いてみせるから」

明快に言い切られ、智紀はのろのろと訊き返す。

「そんなにすごい人がいるんですか？」

「うん。いるんだな、これが」

なんだかとっても楽しそうだ。声が明るく弾んでいる。

気になったが、お互い仕事の途中だったので長電話もできず、話はそこで切り上げた。予定していた書店をまわりきって会社に戻ると、今度は宮田を捕まえた。智紀が突然の展開について話すと、宮田の方でもにわかに『宙のシグナル』の手応えがよくなっているらしい。

「真柴さんがあちこちの本屋で面白おかしく言ってるみたいなんですよ。宮田さん、成風堂のその店員さんって、どんな人なんですか」

「コメントをくれた人？　だったら、勤勉で有能な書店員さんだよ」

「その人があの奇妙な文を書いてよこしたんですよね？」

宮田は下がり気味の目をくりっと見開き、首を横に振った。

「ううん。ぼくも気になったから電話で訊いてみた。そしたらちがうらしい。『宙のシグナル』を読み、とても気に入って応援メッセージを書いてくれたのは内藤さんという人で、作中のなぞなぞが気になり、同じ店の人に話したそうなんだ。そしたらゲラを読みたいと言い出し、渡したところあの文を書いてきた」

「別の人」

「うん」

会話を耳にした他の同僚も興味津々らしく、何々と寄ってきたり、聞き耳を立てたりする。

智紀は例の紙切れを取り出して机に広げた。残念ながら営業部一同に、答えを出した者はいない。成風堂からの新たな問題はいっそうお手上げ状態だ。

「なあ宮田、ともかくその内藤さんって人に訊いてみたら？　答えというか、ヒントというか」

主任がそばに寄ってきて宮田を肘で小突く。要するにカンニングだ。

「それがですね、内藤さんも教えてもらってないそうなんです。コメントに添えた謎の文章も、ちんぷんかんぷんだったけど、一緒に渡してくれと言われ封筒に入れたようです。逆に訊かれてしまいましたよ。あれがなんなのか、わかった人はいますかと」

居合わせたみんなでそれぞれ顔を見合わせ、なんとなく頭を掻《か》いてみたり、咳払いをしてみたり。

気を取り直し、智紀は尋ねた。

「あの文を作った人は、作中のなぞなぞを解いているんですか？　それはまちがいないんでしょうか」

「念を押されると……なんというか。はっきり聞いたわけじゃないからな。ちょっと待ってよ。機会をみつけて確認するからさ」

「そのとき、もうひとつお願いします。新しく作った方のなぞなぞを、見てみたいという書店員さんがいるんですよ。許可をもらえると嬉しいんですけれど」

「ああ、おれも言われた。訊いてよ。見せたくてうずうずしてるんだ」

主任の言葉に賛同者がぱらぱら現れる。

「社外の人間もだけど、社内はどう？　編集の酒井さんとか」

「見せましたよ。噂を聞きつけ、塩原さんの担当だからともぎ取られたんです。でも手も足も出ず、大げさに泣きまねしてた」

「だろうね。むりむり。塩原さんは？」

「酒井さんによれば、話をちょっとだけしたそうです。見たい見たいと騒いでいるらしい」

「塩原さんのなぞなぞ、吉野がわかったってのはほんとう？」

「みたいですよ。塩原さんも認めたらしい。酒井さんがえらく口惜《くや》しがっていたので、ほんとうだと思います」

「あれに答えってあるのか」

主任の声が深く心にしみた。


たったひとつの謎が大勢の人間を振り回している。会ったことも見たこともない人たちの好奇心をくすぐり、予期せぬ動きを生み出している。

明林書房の営業部には、それから相次いで意欲的なコメントが寄せられた。特設ページの準備はそれらを受けて、華やかに中身の充実が図られる。じっさいに読んでくれた人たちの評判は予想以上によく、届いたコメントをもとに大きなポップやらチラシやらが作られることになった。メディア向けの広告も派手に打たれることになりそうだ。

例のなぞなぞについては、制作者である成風堂の人から「誰に見せてもかまわない」と強気の返答があった。

それを受けて新たにゲラを読ませてほしいと手を挙《あ》げる書店も現れた。

「井辻くんはもう解けた？」

「いいえ、まだぜんぜん」

「Jリーグには詳しいんだけれどな。それともプロではなくアマチュアかな。高校サッカーとか」

なぞなぞは、木村チヅコちゃんと浅野ミツハルくんのふたりが見に行ったサッカーの試合で、「勝ったチームはどこでしょう」と問いかけているのだ。

「地名も気になりますよね」

「うん。出てくるのは青森と広島と沖縄か。作者の塩原さん、どこの出身？」

「福島だったと思います」

「そのあたりもヒントになるかな。役者さんとは関係ないよね？」

「はい。ふつうの会社員さんで、俳優養成所にいらしたことはありません」

ついでに独身で、「厚子さん」の心当たりもナシと付け足した。

顔見知りの書店員さんとはついつい会話が弾んでしまう。外回りの営業から戻り報告書を書き終え、なおも自分の机に向かっていると編集部の吉野が通りかかった。会議の資料だろうか、書類を秋沢のトレイに置いて戻る道すがら、智紀の机を見てにやりと笑う。何をしているのかは一目瞭然《りょうぜん》なのだ。

問題部分のゲラをコピーし、それを横に置いて、文字通りうんうん唸《うな》っていた。思いつく限りのことをしているつもりだ。全部ひらがなにしてみたり、問題文の漢字だけを抜き書きしたり、カタカナを拾ったり、斜めに読んだりシャッフルしたり。

「頑張っているね」

正解を導き出した人に言われるとちょっと口惜しい。

「吉野さん、こんなのよくわかりましたね」

「たまたまだよ、得意な方じゃないから。ヒントいる？」

ほしいと言いかけて口をへの字に曲げる。その表情に微笑んで、吉野は立ったまま机の上を眺めた。広げた紙切れを左から右にゆっくりたどり、おもむろに首を横に振った。

「残念だけど、井辻くんには無理そうだな。それじゃあ解けないよ」

「突き飛ばしたくなるようなことを言わないでください」

「そうだ、新たな挑戦状のような文章が書店さんからきたんだってね。どんなの？」

「まだ見てないんですか」

あれもたちどころに解いてしまったらどうしよう。智紀は立てかけてあったファイルの中からコピーを取り出した。

吉野はそれを受け取り、じっと字を目で追う。さっきまでの余裕の表情を引っ込めた。

「これだけ？」

「はい」

「ふーん。だったら……」

再び真剣に考えこむ。人差し指を動かし、何か書くまねをする。首をかしげる。ずいぶん経ってからやっと息をついた。

「どうです？」

「わからない」

今度は智紀の顔に笑みが広がる。

「どうなっているのかさっぱりだ。というか、これってちゃんと問題になっているの？」

「よかった。吉野さんがわからないとなると、両方の正解を出した人はまだいないんだ。ですよね」

「おかしいな。だってこの場合……」

しきりにぶつぶつ言いながら、吉野はフロアを出ていこうとする。

「ああそれ」

「ごめん。井辻くんのだね。コピー取ってもいい？」

「だったらあげますよ。まだありますから」

ありがとうと紙切れを持ち上げ、ここに来た用事も忘れたように、吉野はふらふらと引き揚げていく。

あとに残され、一瞬浮かんだ安堵の笑みが霧散した。にべもなく無理そうだと言われ、指の間から滑り落ちたボールペンを持ち直す気にもなれない。頬杖をついて紙切れをぼんやり眺めた。

ひらがなカタカナ漢字、斜め読み、逆読み、一字飛ばし。こういう解き方ではないのか。根本的にちがう？

どうすればいいんだろう。ああ、じれったい。

智紀が半ばやけになっているうちにも、吉野以外に解けた者が出始めた。書店員さんの数人で、塩原の出題の方だ。いわく「よくゲラを読み給《たま》え」とのこと。読んでもわからない。こうなったらもう、発売日に答えを訊いてしまおう。営業部一同ほとんど匙《さじ》を投げていると、またしても思いがけない展開があった。

若手人気作家である影平紀真《かげひらきま》が、塩原健夫との対談を申しこんできたのだ。それも、例のなぞなぞ合戦を書店員さんから聞いてのことらしい。

「ゲラを見せてほしい、新たに寄せられた書店員からの問題も見てみたい、だって」

「なんで影平さんが」

「詳しいことはわからない」

営業部に吉野と酒井、ふたりの編集者がやってきて、報告とお礼が一緒になった。

「影平さんの担当は吉野くんでしょ。まずそこに話がきて、それから正式に塩原さんの担当である私のところに申しこみがあったの」

酒井に言わせると、とてもありがたい話だそうだ。新人である塩原への取材はぽつぽつ舞いこみ始めているものの、まだ弱い。影平ならば売れっ子だけあって各社が積極的に動く。今回の対談もやりたいと彼が言い出し、それならばと二つ返事でのった雑誌があったそうだ。影平の近刊と塩原の新刊、二冊を互いに読み合い楽しいトーク、という企画がすぐに組まれた。

「影平さん、なぞなぞが好きなんですか？」

「そういうわけでもないと思うんだけど。前に成風堂でサイン会をやったことがあるから、そっち絡みかな」

首をひねりながら吉野が答えてくれた。

例の新たななぞなぞを投げかけた書店だ。こちらはまだ誰も答えにたどりついていない。地方から出てきた女優志望の女の子が、今どこに住んでいるかという問題だ。

「ひつじくんも案外、粘り強いよね。はいこれ、ありがとう。すごくよかった。期待以上だった」

「嬉しいです。何よりの言葉です。井辻ですけれど」

真柴にも読んでみたいとねだられ、営業部長の許可を得て特別に貸し出してあったのだ。戻ってきたゲラをさっそくテーブルの上に広げた。たいらげたホットドッグの皿を片付けてもらい、コーヒーカップをずらしてページをめくる。営業まわりの仕事を終えて、立ち寄った喫茶店だった。

「たしかに話がとてもいいから、なぞなぞの答えが書かれてないことを、うっかり忘れてしまうね」

「でしょ。真柴さんにもわからなかったんですよね？」

「しつこく言わないでほしいな。気になることって何？」

智紀は問題のページをめくったところで顔を上げた。

「この前、会社の机にゲラのコピーと白い紙を広げ、ああでもないこうでもないと唸っていたんですよ。そこに吉野さんが通りかかり、机の左から右にゆっくり視線を動かしてから、それじゃあ解けないなと言ったんですよ」

「相変わらず感じ悪いやつだな」

「真柴さんはもっと言いたい放題じゃないですか。あとから思ったんですけど、吉野さんは何を見て首を横に振ったんだろう。ぼくのつたない落書きを見て、こんなやり方ではだめだと言うのなら、それだけをのぞきこめばいいんですよね。だけどなぞなぞの問題文が置いてある机の左側もしっかり見ていたんです」

「何が言いたいの？」

「さらにそのあと吉野さんは、成風堂からのなぞなぞを見て、『これだけ？』と言いました。つまりですね、なぞなぞは『青森生まれの木村チヅコちゃん』から始まる六行だけではない、ということじゃないですか？　ぼくはまさにそこだけコピーしていました。それだけでは解けないから、見たとたん無理だとすぐに言えた。どうです？」

胡散臭《うさんくさ》そうな顔をしながら真柴はテーブルの上のゲラに目をやる。

「あれは探偵のところにやってきた女の子からの出題だったね」

「そうです。前のページにやりとりが……。えーっと、ここだ、ここ」


「今日のはすごくむずかしいよ。先生だってできなくて降参かも」

「わ、なんだろう、こわいな。簡単な方がいいんだけど」

「だめ。あのね、空をよく見てね」

「うんうん」

「雨の日でも曇りの日でもできるなぞなぞなの」


このあと描写が数行入り、例の文章になる。出題のあとは「ほんとだ、むずかしいね」というのどかなやりとりののち、別の話題に流れていく。

「これ見ても、何がなにやらなんだけど」

「ううん。やっぱり重要な言葉がありますよ。雨の日でも曇りの日でもできる、ということは、晴れの日はどうです？　できないということじゃないですか」

「だったらどうなるの」

「雨の日、曇りの日と、晴れの日。空を見てちがいは？」

真柴は喫茶店の天井を見上げた。

「空ねえ。だったら太陽か。雨の日、曇りの日には見えない」

「太陽の見えない日にだけ、できるなぞなぞ」

智紀は自分の鞄から白い紙を何枚も取り出した。ひらがな、カタカナ、漢字。それらをさんざんこねくりまわした苦戦のあとだ。

青森生まれの木村チヅコちゃんと、
広島生まれの浅野ミツハルくんが、
サッカーの試合を見に行きました。
沖縄生まれの高石ヨウマくんが、
シュートを決めて勝ちました。
勝ったのは、どのチームでしょう。

「見えないというか、『ない』ということかも」

「たいよう、の文字だったりして」

すべてひらがな表記にした紙を、真栄にも見えるように広げた。

「この中から、四つ文字を消すのか。た、い、よ、う」

「けっこうありますよ。だめだ。文章にならない」

「待てよ。試合に勝ったチームとは、つまりこの、沖縄生まれの高石ヨウマくんのいるチームなんだよな」

「たかいしようま――」

たいよう、を抜く。すると、

「か、し、ま」

ふたりしてあっと声をあげた。

「まさか」

「鹿島アントラーズ?」

「サッカーのチーム名になります」

「待て待て、だとすると、こっちのはどうだ?」

なぞなぞを出します。
用意はいいですか
厚子ちゃんは女優志望の女の子です。
高校を卒業し
九州から引っ越してきました。
試験を受けて、俳優養成所に通っています。
仲間もできました。
お父さんやお母さんには心配をかけたまま
早く安心させてあげたいと思っています。
自分の出る舞台に呼んであげるのが夢です。

目標を持ち、バイトも頑張っている厚子ちゃん。

今すんでいるのは、どこでしょう。


すべてひらがなにした紙はあった。さっそく広げて「たいよう」を抜いてみるけれど、あちこちいじってもうまく言葉にならない。

「たいよう……じゃないのか。でもこういうものにはお約束のパターンがあるよな。元の塩原さんの作った問題を、何かしらふまえているはずだ」

「ですよね。ということは削る言葉が『たいよう』じゃないのかも」

「他には何がある？　塩原さんの場合はその前に交わされた会話に、解くための重要な鍵があったんだろ。ヒントじゃないよ。それがなければ成立しない問題の一部だ。ひつじくん、成風堂は？　この文章の他に何かないの？」

ないですよと言いかけ、初めてそれを見たときのやりとりを思い出した。営業部のフロアで、宮田が封筒を見せてくれた。

「ああ、そうだ。他にもあった。中にあったのは――。どうしよう。吉野さんに申し訳ないことした。他の書店員さんにも」

「何なんだよ！」

「推薦コメントです。宮田さんの受け取った封筒の中には、二枚の紙が入っていたんです。コメントの書かれた紙と、意味不明の文章が書いてある紙」

「そりゃ、応援メッセージはあって当たり前だろうが……」

真柴の言う通り。そもそもの出発点だ。宮田はコメントを受け取りに行った。とてもいい内容で販促活動に活用できると胸をなで下ろした。もう一枚はあくまでも「おまけ」でしかなかった。ふたつをまったく別物と考えていたのだ。

「なんでもいいや、それって今、読めない？」

「ありますあります」

智紀は鞄の中から出来立てほやほやのチラシを引き抜いた。そこには成風堂書店、内藤さんのコメントがしっかり印字されている。たちまち真柴にもぎ取られ、あわてて取り返し、頭をぶつけ合うようにしてのぞきこんだ。


巧みに精緻に編み上げられた物語が五編。

うまいなあ、と思うそばから心を揺さぶられ、何度も胸がいっぱいに。

どこにでもあるような小さな町を舞台に、からみあう謎と不思議。

飛びかう蛍のひそやかな光が、そっと答えを照らし出す。


「まっとうな、なかなか素晴らしい推薦文だ」

「これが鍵になりうるか、ですよね？」

もう一度、頭からじっくり読み返す。

「ああ……」

「ん？」

腹部がぎゅっと縮こまる。ひやりと冷たいものがかすめる。

「蛍の光が答えを照らす。この答えって」

「なぞなぞの答え？」

真柴に訊き返され、噛みしめるようにうなずいた。

「塩原さんの問題は数行前の会話に鍵があった。とすると、成風堂さんもそこをしっかりふまえて、一緒に入ってたコメントに鍵を託《たく》したのかも」

「蛍が意味を持つわけか。三文字を消せばいい？ それとも『ひかり』？」

雨の日と曇りの日にできるなぞなぞ――「たいよう」の文字をカット。だとしたら、蛍の光が照らし出す答え、とは？

「もっとふつうに考えていいんじゃないですか。たとえば蛍は体全体が光るのではないですよね。お尻の部分が光る。つまり文章で言えば、文頭でなく文末」

女優志望の女の子が養成所に通い始めたという文章に、再び注目する。

「文末の文字となるとこれか。『す、か、す、し、た、す、た、ま、す、す、ん、う』、言葉になってないよ。ここからさらにひねる？」

「そうですね……」

つぶやいて唇を噛み、さらにのぞき込み、「え？」と短い声をあげた。

「見てください、真柴さん。ほんとうの末尾は句点の丸ですよ。ほら」

「そんなの当たり前だろ。句点を文字って言うか？」

「でも、正しく拾ってみてください。忠実に最後のひとつ」

「『。か。し。。。ま。。。。』、え？　かしま？」

真柴が口を開けたまま固まり、次の瞬間「バカな」と大きな声をあげた。

あわてでまわりに頭を下げ、口を押さえるまねをしつつ笑う。

「かしまって、鹿島アントラーズのこと？　塩原さんのなぞなぞの答え？　バッカじゃないか。いやこのバカは大きな賞賛の意味だけど。それにしたって――」

智紀も笑う。ひとしきりふたりで大笑いしたのち、アイスコーヒーをふたつ頼む。運ばれてきたそれをビールに見立てカチンとグラスを合わせた。

「とんでもないな、しかし、これが正解だとしたら」

「真柴さん、アントラーズだけじゃないですよ。このなぞなぞ、厚子ちゃんが今すんでるのはどこでしょう、という問いかけですよ。これの答えも『かしま』なんです」

「かしま――貸間。賃貸の部屋にすんでいる？」

再び大きな声で「バカだ」と言いかけ、リアクションだけで抑えた。

まったくね。智紀もお手上げのポーズを取った。

「このなぞなぞを作った人、真柴さんは知ってるんですか。そういう口ぶりでしたね」

「うん。書店専門の、名探偵だ」

それはまた珍しい。

「残念ながらひつじくんに対面のチャンスはないだろうな」

「なんでですか」

「受け持ち書店じゃないから。わざわざ行かなくていいよ」

「あ、わかった。きっとその人、かわいい書店員さんなんですね」

「ほう。君もやるね。名推理じゃないか」

大学生の、バイトの子だっけ。

智紀はテーブルの上のゲラをみつめた。これが正式に印刷され、製本され、単行本になったとき、どんな人の手に届くのだろう。タイトル、装丁、帯、キャッチコピー、多くの人が関わって、一冊の本を引き立てる。プライベートの時間を割いてゲラを読み、推薦のコメントを書く書店員さんには、ほとんど報酬など支払われない。あっても図書カードがせいぜいだ。

それでも応援する気持ちをいつも率直に表してくれる。心揺さぶる本の出現を楽しみにしている。お客さんに喜んでもらえる一瞬のために、努力を惜しまない。

きっと多くの書店員さんが同じような気持ちでいるのだろう。好奇心や遊び心も大好きで。書店はありとあらゆる刺激の宝庫なのだから。

「みんなに、内藤さんのコメントのこと、言ってあげなくちゃ」

「どういうふうに？　うまいこと言わなきゃだめだよ」

「まだ続くんですか」

「だって、面白いじゃないか」

たくさんあってもまだ新しい物を求める。飽くなき探求心と言ってほしい。

大きな可能性を秘めたぴかぴかのゲラの上に、人騒がせな迷文たちをのせ、智紀は両手で紙の束を抱き寄せた。

取次にも愛を！

古幡　瑞穂

私が働く日本出版販売という会社は、この本に登場する「ゼンパン」のような取次会社だ。この会社において、売上データの分析や提案を行う仕事に長らく携わっていた。

そんな私にとって、デビル大越の登場シーンは衝撃だった。連載に「取次が登場する」と聞きつけてうきうき読み始めたものの、あまりに驚きすぎて掲載誌を閉じて周囲を見回してそれを思わず隠したほどだ。確かに、私に「取次の事が載りましたよ」と教えてくれた東京創元社のYさんの目が泳いでいた気がしたが……。

大崎梢がこの〈出版社営業・井辻智紀の業務日誌〉シリーズの連載を開始したのは、出版業界人にとって注目の大きなニュースだった。彼女は元書店員という経験を活かし『配達あかずきん』から始まる〈成風堂書店事件メモ〉シリーズを大成功させている。書店で起こる日常の謎を解くという本筋のミステリの面白さももちろんだが、書店員や出版社社員、そして我々取次社員を夢中にさせたのが生き生きとした書店現場の描写だ。

その作家が、出版社の営業を書くという。さすればきっと舞台は全国に広がるだろう、そして出版業界の奥深くまでが描かれるようになるだろう。そう、きっと取次の出番も来るのだろう、と。

取次が小説に出てくる日はいつだろうと楽しみにしていたある日、東京創元社から一本の電話がかかってきた。「古幡さん、大崎さんが今書いているシリーズで取次の事を書きたいとおっしゃるので、一度取次についての話を聞かせていただけませんか？」と。来た！　しかも私のところに来るのか?!

元々知り合う機会があり、パーティーなどでお会いするたびに挨拶はしていたが、ゆっくりお話をするのは初めて。後にも触れるが、取次の仕事というのは多岐にわたるためもっときちんと仕入れの仕事に携わっている人も連れて行った方が良いだろう、と考え仕入のプロの先輩にも同席をお願いしての取材となった。社内での取材〜席を近隣の居酒屋に移し、より深い取材が長時間にわたって行われ、取次の社会的使命について深く理解していただいた……はずだった。

で、その成果物がデビル大越なのか？　正直に言おう、あの日はちょっとお酒で盛り上がり過ぎて妙に楽しかった事以外何をしゃべったかほとんど覚えていない。でも私が「売れない本、ちまちま作るんじゃねーよ」なんて言うわけないじゃないか！　ない、よな……。

デビルがどういう事件に絡んで、本性はどういう人だったのか、ということは小説をじっくり熟読していただくことにして、一般の方にはなかなか馴染みのない取次の仕事について簡単に触れておきたいと思う。

取次は通称であり、正式には出版販売会社と呼ばれている。一言で言うならば本の卸売を行う会社だ。

今、日本国内には約1万3千軒の書店と4万軒以上のコンビニエンスストアがあり、出版社は約4千社あると言われている。そして毎日毎日新しく200点の書籍と200点の雑誌が発行され、我が社だけでも100万冊の既刊書籍が流通している。これらの商品を仕入れ、書店に配送しているのが我々取次なのだ。

雑誌はさておき、続々発売されてくる書籍を全書店が目を通して仕入れる事は現実的でない。井辻くんのような出版営業も全国津々浦々の本屋さんを営業し尽くせるわけではない。

ではどうするか？　そこで取次の出番が来る。出版社は発売前の見本を取次に持って行き、取次の仕入担当者は関連する既刊のデータなどをもとにし、商品を仕入れる。仕入れられた本は取引のある書店へと送られていく。

しかし、ここに出版業界の抱える大きな問題がある。書店さんにとっては届いた段ボール箱を開けた時が新刊との出会いになる。このため、「この本はウチじゃ売れないよ」とか「こんなにいらない」とかはたまた事前に人気の高い作品などは「これじゃあ少なすぎる」「一冊も届かなかった!」といった事が頻発するのである。だからこそ、書籍は「返品」が可能な商品なのだ。とはいえ、返品は少なければ少ないほど良い。売り損じなんてもってのほか。このため取次には、全国の書店から集まってくる売上や返品のデータを分析しながら〝どこの書店にどういった商品をどのくらい送品するか〟を検討をする仕事がある。デビル大越もいわゆる仕入・マーケティング部門でこういった仕事をしているようだ。これ以外にも、書店さんを担当する営業部門、倉庫での商品管理や送品業務・返品業務を担当する物流部門など取次の業務は多岐にわたる。裏方として表に出ることのない業種だけに、このシリーズでもっと出番が増え、読者の方々に「取次」を知ってもらう事を期待したいところだ。

本書では取次は井辻くんたち出版営業マンや書店員に言いたい放題言われているが、こちらの立場から言わせていただければお互い良い共存関係にあるはずだ。井辻くんたちの姿を見ていてもわかるが、出版社の営業マンはどこもライバルのはずなのに妙に仲が良く、誰が誰の同僚なのかわからなくなる事もしばしば。それと同様に、取次のメンバーとそういった人間関係を築く方も多く、噂話から真面目な相談まで、昼も夜も密度の濃いやりとりが行われているのだ。

我々も鮮度のいい情報を多く持つ出版社の方々を心から頼りにしている。たまにはお互いYESと言いづらいお願い事もあり、時として声を荒らげての真剣なぶつかり合いもあるが「取引先」というより「同志」や「業界の先輩」「後輩」と呼びたくなるような方が多い。井辻くんだって、デビルに会わなければそんな明るく楽しい取次イメージで仕事を進められたのに……。

デビル大越についての言い訳と自己弁護を始めるとそれだけで論文が書けてしまいそうな気がするので、そろそろ話をかえたい。延々と取次の話をしてしまったが、本書にはこの取次をテーマにした『ビターな挑戦者』の他四編が収録されている。

『新刊ナイト』

新作のプロモーションにあわせて、著者が書店まわりをすることになった明林書房。かつての知り合いに会いたくないから、とこれまで書店訪問やサイン会を避けてきた著者だったが、どうやら井辻くんの担当店にその「かつての知り合い」がいるらしく……。

『背表紙は歌う』

ベテランの営業ウーマンから相談を持ちかけられた井辻くん。旧知の新潟の書店が危機との情報が流れ、その様子を調べてきて欲しいという依頼だった。情報の出所と調査を北陸出張中の真柴に託し、二人で解決に挑む！

『君とぼくの待機会』

文芸に関係する著者、出版社全てが目標とする東々賞。関係者がハラハラドキドキその発表を待つ中「もう受賞者が決まっている」という噂が流れてくる。なぜ？　どこから？　噂の真相は明らかになるのか？

『プロモーション・クイズ』

注目新刊を売り出すときに力強い武器になるのが、書店員の推薦コメント。忙しい書店員にいかに本を読んでもらってコメントをいただくかは営業マンの腕の見せ所だが、寄せられたコメントの中になぞなぞが混じっていて、関係者を巻き込んだ謎解きゲームが始まる。

いずれの話も、出版社と書店を取り巻く「売り方」のトレンドが押さえられた内容となっている。

書籍の売上はここ15年で25%以上ダウンしたと言われている。「売れない」「儲からない」「あの書店が閉店した」と業界人が出会うと挨拶がわりに暗い話をし出す、そんな日々がまだ続いている。新古書店というライバルが出てきた次には、インターネット書店が商圏という概念を吹き飛ばし、さらには電子書籍が町の書店の存在を脅かす。

書店員の苦労と苦悩が終わることはないだろう。そして、彼らと寄り添って生きている井辻くんの心が痛む話題も尽きないだろう。しかし、大崎梢が書く書店業界は悲愴感には覆われていない。確かに誰も彼も楽ではないけれど、何か困ったことがあれば、必ず誰かが救いの手を差しのべてくれる。しかも救いの手は仕事では普段ライバル関係にあるところから出てきたりするのだ。まるでおとぎ話のようだが、これが出版業界のリアルな姿なのである。

書店員や出版社営業マンにとっては、非常にリアルな日常が描かれていて、かつ前向きになれるようなヒントが多い。だからこそ大崎梢の小説は業界人ファンが多いのだろう。